ブライト・プリズン

学園の薔薇は天下に咲く

犬飼のの

white heart

講談社X文庫

目次

薔 しょう
高等部三年生。南条家の三男で、
神子であることを隠している。
常盤 ときわ
新教祖。極道の血を引く
教団御三家、西王子家の嫡男。
ブライト・プリズン
学園の薔薇は天下に咲く
登場人物紹介

BRIGHT PRISON CHARACTERS
龍神
りゅうじん
紫眼の黒龍。八十一鱗教が
崇める神。
剣蘭
けんらん
高等部三年生。西王子家の
次男で、常盤の異母弟。

蘇芳
すほう
竜虎隊の元隊長。西王子家当主の末弟で、常盤の叔父。
楓雅
ふうが
大学部三年生。南条家の次男。原因不明の視力低下に悩まされている。
椿
つばき
元竜虎隊員。楓雅の失明を防ぐために、陰神子として生きている。
榊
さかき
教団御三家、南条家の嫡男。不治の病に侵されている。

BRIGHT PRISON CHARACTERS
青一
せいいち
雨堂青一。常盤の主治医で、極道と繋がりのある天才彫師。
茜
あかね
高等部三年、翡翠組。薔の親友。快活なムードメーカー。
白菊
しらぎく
高等部三年生。虚弱体質の贔屓生で、剣蘭と特に仲が良い。
杏樹
あんじゅ
教団本部で働く最年少の神子。常盤を呪ったが、今は反省している。

イラストレーション／彩

ブライト・プリズン

学園の薔薇(ばら)は天下に咲く

プロローグ

日没を前に暗雲が垂れ込める。空は静かだったが、雷鳴の幻聴が聞こえそうなくらい、雷が似合う空模様だ。太陽は隠され、室内はたちまち暗くなる。

「なんだか急に夜になったみたい。電気点けるね」

部屋の主である白菊の言葉に、剣蘭は「このままでいい」と答えた。

ベッドに横たわって膝枕をしてもらっていたので、動きたくも動かれたくもなかった。

傍らには暇潰しに借りた将棋盤があり、儀式を控えた二人はいつものようにキャラメルを賭けた将棋崩しに興じたが、遊ぶ気力が尽きたのは剣蘭の方だった。

――橘嵩さんが薔を連れだしたってことは、たぶん常盤様が来てるんだよな。竜虎隊の隊長は空位のままだし、今夜の祈禱役は常盤様が行うってことでいいのか？

延期されていた贔屓生一組の儀式が行われる今夜は、通常よりも儀式の時間が早く設定されている。

そう言い渡された時は、代理の人が慣れていないからだろうと思って深く考えなかったが、実際には違うらしい。

多忙な教祖が学園に来て祈禱役を務め、それが終わったら教団本部に帰るからだ。常盤様は時間の許す限り薔に会いたいんだな、たぶんそういうことだ——と思いつつ、剣蘭は橘嵩と共に贔屓生宿舎を出ていった薔の後ろ姿を想う。

先入観があるからそう見えただけかもしれないが、薔の背中は恋人に会える喜びに満ちていて……それでいて、その気持ちを隠そうと平静を装っているようだった。少なくとも剣蘭の目にはそう映り、今この瞬間、薔は常盤と過ごしていると確信している。

「雨になりそうな天気だね。儀式の時、道が泥濘むと嫌だな」

可愛い弟のような幼馴染みの膝に頭を委ねながら、剣蘭は「雨にはならない気がする」と答えた。「え、どうして？　その根拠は？」と問われても「なんとなく」としか答えられなかったが、根拠はある。

十中八九、薔は神子だ。

教団本部に行って不特定多数の男に抱かれるのが嫌で、神子であることを隠して贔屓生のままでいるのだろう。そうとしか考えられないくらい、薔は幸運に恵まれている。

雨が降ることが薔にとって好都合ならいざ知らず、常盤が祈禱役を務めるなら、降龍の儀の前に雨が降る意味はないはずだ。

「キャラメル食べたら、かえってお腹が空いちゃった」

剣蘭の天気予想について追及しなかった白菊は、腹の虫を宥めながら溜め息をつく。

キャラメルの香る吐息を感じた剣蘭は、薔の甘い唇を想った。

味わったことがないので本当に甘いかどうかは知らないが、柔らかくて甘いに決まっているあの唇は、今頃常盤に吸われているのだろうか。

今や教祖になった兄に敵うわけもなく、羨ましさはあっても、妬み嫉みといった悪しき感情は微塵もない。

常盤も薔も好きで、二人の幸せを願っている。取るべき態度も決まっているのに、温い血が沸き立って体中に漲るように、欲望が滾る時がある。

「俺も、腹が減り過ぎて眠い」

「俺もって、僕は眠くないよ。眠くなるのは満腹の時じゃない？」

「空腹の度が過ぎると眠くなる。しんどいから逃避しようとしてるんだな。寝て起きたら儀式で、それが終われば普通に食べられるし」

「ああ、うん。つらい時間は眠って飛ばしたいよね」

「そうそう、そんな感じ」と答えた剣蘭は、常盤と薔の逢瀬について考えるのをやめたくて、逃避を選んだ。

「儀式が始まるまで寝かせてくれ、このままで」

「え、駄目だってば。本気で寝るなら自分の部屋に戻って。こんなとこ誰かに見られたら誤解されちゃうよ」

「鍵、閉まってんだろ」

「そうだけど、本当は他人の部屋に入ることすら禁止なのに」

膝枕は疲れるだろうなと思い、痺れてつらいかなとも思いつつ、剣蘭は白菊に甘える。

なんだかんだと言いながらも、人肌恋しい身を受け入れてくれる白菊が好きだった。

お互い他に想い人がいて、格別に仲のよい疑似兄弟でしかない二人だけれど、ここにもある種の愛はある。

「誤解されるくらいが、いいのかもしれない」

誰にとは言わなかったが、想像するのは薔の顔だ。

早い段階で、白菊とそういう仲だと嘘をついてしまえば楽になれただろうか。

薔への想いを本人に気づかれてはまずいと思い、ふざけながら好意を仄めかす裏で、気づいてほしい気持ちもある。本気で受け取られたら本気で拒まれるとわかっているから、いつも冗談にするけれど、自分の心に嘘はつけなかった。

1

紫眼の黒龍を祀る宗教団体、八十一鱗教団が運営する王鱗学園の地下には、広大な敷地を速やかに移動するための地下鉄が走っている。

一両しかない車体は今、東方エリアの地下にあった。新教祖の常盤と、その恋人である薔のための特別運行を終え、竜虎隊詰所に近い東方北駅でドアを開けている。

「常盤じゃ、ない……よな？」

自分を組み敷く男は、少し前まで竜虎隊の隊長で、当時は黒い隊服を、今は教祖として白いロングジャケットとアスコットタイという恰好をしている。

その目の色を除けば、誰がどう見ても竜生名常盤であり、本名西王子篁という人間に違いなかったが、今の彼は鮮やかな紫色の目をしていた。その色と輝きは、人種を超えて人間離れしており、紫眼の黒龍が彼に憑依している時となんら変わりがない。

──神が降りる条件を満たしてないのに、降りてる……しかも、いつもと違う。普段は目の色が変わるだけなのに、今は違う。常盤の体を龍神が……勝手に動かしてる？

電車のシートに自分を押し倒して笑う男は、常盤であって常盤ではない。

他の誰がなんと言おうと、薔にはわかった。かといって、見知らぬ何かではなく、幼い頃から祈り続けた存在に違いないのだ。だから、常盤の中に入り込んでいる何かがどうしようもなく怖いかと言えば、それは少し違う。身の毛が弥立っているけれど、単純な恐怖ではない。御神託を受ける際に、魂が触れてきたせいだろうか。

これは既知の存在だとわかり、自分への愛情も感じられる。

怖いのは神そのものではなく、どうなったのかわからない常盤の行方だ。

「龍神……様？」

シャツの釦を一つ外された蕾は、覆い被さる男の顔を見ながら問いかける。

間違いないとわかっているのに、明確な答えを得るのは恐ろしかった。

首筋を滑る彼の指は、紛れもなく常盤の指で、いつもと変わらない体温を持ち、触り方にしても取り立てて違いはない。

しかし二つ目の釦を外す手は、一つ目の時と同じく、ややぎこちない動きを見せた。

釦を外すという単純な行為に、あまり慣れていない手つきだ。

「貴方は、龍神様なんですか？」

二度目の問いに、彼は「如何にも」と答える。

常盤の声だった。表情も特に変わらない。

自信に満ち溢れ、それ故に傲慢にも見える薄い笑みは、この学園の多くの生徒が「常盤様」と呼んで憧れる男のものだ。

「――どうして、こんな……」

「どうしてこんな所に龍神が、と言いたいのか？　地下は神の目が届かない場所だと言われているが、そんなことはないのだ。空から見えにくいのは事実だが、竜花(たつはな)の血を追えば見えないことはなく、降りられないこともない」

「そうじゃ、なくて」

そういうことではなく、何故(なぜ)常盤の体に降りて自由な言動を取っているのか、こうしている間、本物の常盤はどうしているのか、それを問いたい薔に、龍神は目を細める。

「……では、どうしてこんな時間に龍神が、と訊(き)きたいのか？　日没前に私が降りたのをお前は不思議に思っているのだろうが、すでに日は落ちていたのだ。それに、人の体を完全に乗っ取ってしまえば、昼も夜も関係ない。これからの私は常盤として、日の光を浴びることができる」

常盤の声で、けれども少し常盤とは違う話し方をする龍神は、ことごとく薔の疑問から外れた答えを口にした。

これが普通の人間なら勘が悪いのかと思うところだが、そうではない。こちらが訊いたことに答えないのは、明らかに故意だ。履き違えた振りをして愉(たの)しんでいる。

「完全に乗っ取ったって、どういうことですか？　これまでは、常盤に憑依しても常盤の体を龍神様が動かしたりはしてなかったのに」

「この男が、私との約束を違える決意をしたからだ」

ようやく核心をついた龍神は、常盤の体の胸元を叩く。

片方の手では薔の鎖骨をやんわりと撫で、もう片方の手では常盤の胸筋や腹筋、肩や腕を強めに押して、その感触を堪能していた。

「すべての神子を蕩けさせる最高の肉体だけあって、私に合う。とても居心地がよい」

「――っ、龍神様、常盤は、今どうしてるんですか？　約束ってなんですか？」

横に長い電車のシートから起き上がろうとしても儘ならず、身を伏せる彼に迫られる。

キスをする気だとわかった。冗談じゃないと思う一方で、常盤の顔で迫られると何もおかしなことではない気もして、わけがわからなくなる。

――常盤は……本物はどうしてるんだ？　降龍の時、龍神が常盤の体に降りても何もできなかったように、今は常盤が何もできずにいるのか？　龍神に好き放題されてる自分の体を取り戻せずに、もがきながら俺を見てるのか？

それとも体の奥底で眠っているのだろうか。大きな声で呼んだら、目を覚ましたり力を得たり、何かいいことが起きるんじゃないかと、期待するのは甘いだろうか。

「常盤！」

紫の瞳を見ながら名前を呼ぶと、唇を塞がれた。

釦を外すのは慣れていなくても、こういうことには慣れているらしい。

自然に顔を斜めにして、舌を深く入れてくる。

直前に彼が笑ったのを、蕾は確かに見た。

名前など呼んでも無駄だと嘲笑い、キスをしている今も笑みを湛えている。

——俺と、こうすることで……常盤の意識が戻ればいいのに。嫉妬とか、独占欲とか、
そういう感情で……元通りに！

龍神に体を乗っ取られたのが自分だったら、こんなことは耐えられない。

常盤に勝手に触るなと思いながら、体を取り戻そうと必死になるだろう。

常盤もきっとそうだ。でも、それができないとしたらどんなに苦しいだろう。

神が相手ではあまりにも無力な人間の身で、常盤は今、どんな気持ちでいるのか——。

「や、やめて……ください」

突き飛ばすことはできずに、やんわりと押し退ける。

人質を取られている状況では、激しい拒絶はできなかった。

常盤のことがなくとも、人の命を奪い、運気を左右する神だ。ましてや幼児期から唯一無二の存在として崇めてきたのだから、やはりそこらの人間とはまったく違う。

「龍神様、常盤は今、どうしてるんですか？　常盤の体を返してください。やっと教祖になって、これからなんです。これから教団や学園を改革して、大人も子供も、皆が今までより繋がりを持って生きられるようになります。常盤には大事な仕事が残ってるんです」

龍神に対して乱暴な言動を取れない薔は、キスをしても戻らない常盤の意識を求めて、まずは冷静になることを胸に誓う。無理にでも心を落ち着かせ、取り返しのつかない事態にならないよう、適切な判断をしなければならなかった。

——何が起きてるのかよくわからないけど、怒らせたら絶対駄目だ。俺は神子だし、今のところは好意的な目で見られてるけど、そんなの空模様みたいに変わりかねない。

要求は明確に、けれども怒らせず、感情的にならないよう丁寧に、静かに——と自らに言い聞かせながら、薔は龍神の手を握る。

シャツの中に忍び込もうとする好色な指を制して、「外に出て話しませんか？　地下は忌むべき場所です。龍神様には、相応しくありません」と尤もらしく訴えた。

屋外に出れば性的なことはしてこないだろうという、人間としての常識に従った薔に、龍神は「そうだな」と、意外にも素直に応じる。

「地下よりも空の下がいい。この学園の降龍殿も悪くないが、教団本部の降龍殿はもっとよい。天に近くて見晴らしがよいのだ」

ようやく解放された薔は、シートから立つなり制服を整える。

龍神は自分が着ている服に興味があるようで、白いロングジャケットの釦に触れたり、スラックスのベルトに触れたりと、やけに楽しそうにしていた。常盤の体や衣服の感触を確かめてから、「よく鍛えられた、いい体だとは思わぬか」と誇らしげに訊いてくる。

「思います、けど」

「――けど、なんだ？」

それは貴方の物ではありませんから出ていってください――と言いたくても言えずに、薔は「いいえ、なんでもありません」とだけ答える。

地下鉄の車内で自分の体を見下ろし、掌で触りながら「うむ、いい体だ。早く裸になりたい」と悦に入る姿は常盤らしくなかったが、神の機嫌はよい方がありがたい。

「常盤様、薔様、お帰りなさいませ」

龍神に肩を抱かれながらホームに降りると、橘嵩が歩み寄る。

一周で終わったことを意外に思っている様子で、「お早いお帰りでしたね」と言った。

そして次の瞬間、ぎょっと目を剝く。

「え、あ……常盤様、目が、紫に」

竜虎隊の中では優男の部類に入る橘嵩は、常盤の目の色の変化に驚きながらも明らかに歓喜していた。訝しむことなく、この上なく尊いものを見たかのように目を潤ませる。

「常盤様に、神が……っ、なんて素晴らしい！」

「橘嵩、私の目の色が神の色になったからといって、これまでと何も変わりはしない。私は生まれながらにして選ばれた人間だ。これからは儀式などするまでもなく、常に神と共にある。他の憑坐や、これまでの教祖とは違うのだ」

龍神が常盤として発した言葉に、橘嵩は今にも躍り上がりそうな嬉し顔を見せる。滔々と涙を溢れさせると、「ああ、神よ！」と手を合わせ、駅のホームに膝をついて打ち震えた。元より常盤の信奉者である彼にとって、常盤に神が降りている今の状態は全身全霊で歓迎できるものなのだろう。

――完璧じゃないけど、常盤の振りをしてる。俺に対しては装わないのに、橘嵩さんには「私は神だ」って名乗りたくないのか？

八十一鱗教団で崇められている神自身が、信者の前に顕現したところで問題があるとは思えず、目の色というわかりやすい証拠もある。

そもそも憑坐の体に毎晩降りてくる神であり、こうして意思を持って動きだしても大抵の信者は難なく受け入れるはずだ。そのうえ体の持ち主は教団の最高権力者なのだから、神を騙る不届き者と罵られる心配もない。

考えれば考えるほど正体を隠す理由がわからなかったが、薔はひとまず黙っていた。

興奮する橘嵩に「二人で行く。付き添いは要らぬ」と言った龍神に肩を抱かれながら、乗り慣れないエスカレーターを使って地上に向かう。

「動く階段、愉快だな」

ふふと笑う龍神は、やはりこの状況を楽しんでいた。

上を向いたり下を向いたりしたかと思うと、手摺にしっかりと摑まらずにはいられない薔の顔をじっと見る。特に目を注視しながら、「いつ見ても美しい。さながら黄金のように煌めく琥珀だ」と微笑んだ。

「目のことですか？　ありがとうございます。けど、そんな……物凄く輝いてる目の人に言われても実感ないです」

「ああ、これか。私の目は人として異常なほど輝いているか？」

「はい。綺麗ですけど、かなり違和感があります」

「そうか、いっそ黒にできればよいのだが」

エスカレーターの途中で、龍神はおもむろに瞼を閉じる。

何秒かそのままにすると、突然ぱちりと見開いた。

再び現れた紫の目に惹きつけられ、薔は「あ……」と声を漏らす。

おそらく色が変わったわけではないのだろうが、獣染みた光り方はしなくなっていた。

「どうだ、これならば異様ではないか？」

「は、はい。夜の猫とか爬虫類みたいだったのに、人間らしくなりました」

そう答えた時にはもう、エスカレーターが改札階に迫っていた。乗り降りの際に緊張する薔は、急激に高さが変化していく段に戸惑いつつエスカレーターから降りる。

成功してほっとする間もなければ、あくまでも人間の振りをしようとする龍神の意図も読めないまま、肩を抱かれて黙々と歩いた。

龍神には常盤の知識があるようで、橘嵩がいなくとも改札をすんなりと通り抜ける。

それも、薔と並んだままでも通れる最も幅の広い改札を選び、そのあとも迷いなく秘密通路を抜けて外に出た。

「雨雲が……外、こんなに暗くなってたんですね」

地下にいる間はわからなかったが、空は濃い闇色に塗り潰され、雲が低い位置まで迫っていた。全方向を閉ざされた学園に、さらに蓋をしようかという勢いだ。

今にも雷鳴が轟き、大粒の雨が降りそうに見える。

「雨雲ではない、ただの暗雲だ」

「そう、なんですか？　雨は降りませんか？」

「降らないが、お前が望むなら降らせてやろう。ついでに憎い者の頭上に雷を落とすか？　可愛いお前のためならば、それくらいしてやるぞ」

「物騒なこと言わないでください。そんなことより常盤は今どうしてるんですか？　これまでは憑依されても常盤自身は何も感じないくらいだったのに、なんで急にこんなことになったんですか？　常盤が破った約束ってなんですか？」

「そのように質問攻めにしてくれるな。人の体で感じる風を、大地や緑の香りを堪能しているというのに、耳元でがみがみと」

うるさいと言わんばかりに目を眇められ、薔は慌てて口籠もる。

常盤の姿をしていても、相手は神だ。

怒らせたら喧嘩では済まず、「もう要らぬ」といきなり命を奪われるかもしれない。

今は神子として好意を向けられているが、それに胡座を掻いていいはずがなかった。

「この木は桜か、秋の桜は淋しいものだな。春になったら神子を侍らせ、花見で一献やりたいものだ。この体は酒に強くできていて都合がよい。お前は酒に弱かったな」

「未成年なんで」

「ふふ、蜂蜜ミルクがお似合いだ」

「――なんでも知ってるんですね」

「常盤以上に、お前のことを知っている」

「常盤のことも、誰よりも知ってるんですか？」

「当然だ」

神の答えに蕾はめらりと妬心を燃やし、己の欲の深さを知る。

自分が神に子供扱いされるのは一向に構わなかったが、常盤のことを知っているという点で負けるのは、神が相手でも悔しかった。

何より、春まで常盤の体に居座るつもりなのかと、しかも教団の神子を侍らせるつもりなのかと、それについて考えるだけで頭に血が上る。

胸倉を掴んで「冗談じゃない、今すぐその体から出ていけ！」と言いたくても言えないもどかしさに、行き場のない拳が震えた。

——事情がわからないけど、龍神は今、常盤の体を操って楽しんでる。常盤を返せとか執拗に迫れば不興を買うだろうし……質問攻めもよくない。わかる限りの情報で、自分で考えないと駄目だ。

薔の肩を抱いていた龍神は、今度は薔の右手を取り、手を繋ぎながら東方エリアの森を進む。目的地は特にないらしく、外灯から次の外灯へと進んでいき、「おお、太った栗鼠が横切ったぞ」と言ったり、「彼岸花の花畑だ。夕陽が当たる時分に見てみたいものだな」と言ったり、興味の向くまま薔を連れて歩いた。

——常盤は龍神と何か約束していて、それを破ったから乗っ取られたんだよな？　目が紫になる直前、常盤は俺に相談を持ちかけて……最後の最後で少しだけ迷いがあるとか、そう言ってたんだ。たぶん、不治の病に侵された榊さんを見捨てられなくて、そのために初志貫徹できない何かがあった。でも、龍神にとって常盤の心の変化は歓迎できるようなことじゃなくて……それどころか、裏切りだった？

温かい手を握りながら、薔は龍神の横顔を見上げる。

常盤の姿だが、紫の目が爛々と輝いていた。物理的な光を抑えたところで、内から滲みだす歓喜が輝きを添えている。常盤の体を使って草木に触れたり風の匂いを嗅いだりすることが、この神にとっては楽しくてたまらないようだった。

「ああ、そうそう、言うのを忘れていた。薔、可愛いお前のために、この先もお前に害を為しそうな者達を始末しておいたぞ」

森を歩きながら、龍神は艶然と笑う。

常盤であって常盤でない彼の言葉を理解した途端、薔は歩くのをやめた。

ぐいと引っ張られる形になったが、それは一瞬のことだった。龍神は無理に歩かず足を止め、「そんなに蒼褪めなくともよいであろう」と不思議そうな顔をする。

「始末って、どういう意味ですか?」

背筋に氷を当てられたような衝撃が走り、薔は何者かの死を感じた。

まさか、まさか誰かを殺したのかと思うと、答えを聞くのが恐ろしい。それとも龍神が言う始末には別の意味があり、社会的抹殺といったことを指しているのだろうか。

「誰に、何をしたんですか?」

意を決して問うと、馬の蹄の音が聞こえてくる。竜虎隊が走らせているに違いないが、通常の見回りとは異なり、馬を急がせている様子だった。

「常盤様!」

暗い森を走ってきたのは黒い馬に跨がる業平で、声の調子からして徒事ではなかった。

距離が詰まると、血相を変えているのが見て取れる。

「邪魔立てして申し訳ございません。大至急、御報告したいことがございます」

常盤の護衛も兼ねた側近だった業平は、すぐに馬から下りて一礼する。

急を要する一方で常盤の目の色と薔の存在が気になるらしく、「常盤様、その目の色はどうされたんですか？」と訊いてきた。

「気にするほどのことではない。私は常に神と共にある。他の憑坐やこれまでの教祖とは違うからな」と橘嵩に対する説明と概ね同じことを口にした龍神は、二人目にしてすでに面倒になっているようだった。

退屈そうに溜め息をつき、「業平、そんなことより早くしろ。薔に聞かれて困ることなど何もない、ここで申せ」と報告を促す。

業平は動揺こそしているものの、目の色について追及することはなかった。

「はい」と答えて再び頭を下げ、「申し上げます！」と声を響かせる。

「つい先程、御母堂様と蘇芳様が、心不全により身罷られたそうです」

報告そのものは標準的な声音で語られたが、薔の耳には大きく届いた。

思いだそうとしなくても順番に顔が浮かび上がり、常盤の実母の西王子紅子と、叔父の蘇芳が恐ろしげな表情で自分を睨み下ろしてくる。

幼い頃から恐怖の対象であった紅子と、火達磨になって苦しみ悶えていた蘇芳——共に薔の心身を痛めつけたことがある相手だ。そして、命ある限りこの先も障害になりそうな二人でもある。

「薔、私の母親と叔父の一人が死んだそうだ」

龍神は常盤の振りを続けながら、取るに足りないことのように言う。

さながら彫刻を思わせる無表情で、視線を投げてきた。笑ってはいなかったが、それは業平の視線を意識したもので、目は口ほどにものを言う。まるで、「ほら言った通りだろう?」と、全能感を剝きだしにして語りかけているような目だ。

「常盤様、すぐに本家に戻られますか?」

「戻るわけがない。贔屓生一組の降龍の儀は、今夜予定通り行う。通夜や葬儀に出る暇はないので家のことは任せると、当主に伝えよ」

龍神は常盤の父親のことを当主と呼んだが、そこに大きな違和感はなく、業平は「承知致しました」と答える。急な目の色の変化や、人目を憚らずに薔と手を繫いでいること、葬儀に出ないことなど、気になりつつも承服しているようだった。

橘嵩ほど熱狂的ではないが、業平も常盤の信奉者で、この学園で育った人間だ。教祖として権力を握った常盤が神憑きになったら、部下に限らず誰もが従うしかなく、口出しなどできないだろう。「学園内で生徒と手を繫いではいけません、御葬儀には出るべきです」と諫められる者はいないのだ。

――おばさんと蘇芳は、本当に亡くなったのか? 蘇芳は重篤な全身火傷で入院してたはずだけど、おばさんは教祖選の時には普通だったたし、若くて艶やかな人だったのに。

蘇芳の容態急変はあり得るとしても、紅子の死はあまりに突然で、訃報を聞いた今でも実感が持てなかった。健康な人間を心一つで殺せるなら、なんて恐ろしい神だろう。

「常盤様、このあとの御予定が……学園長を伴い、管理部の視察をなさりたいとのことでしたが、いかがなさいますか？」

「中止だ。降龍の儀まで薔と二人で過ごす」

畳みかけるように答えた龍神に手を引かれ、薔は再び歩きだす。

業平がしぶしぶ馬に乗って去るのを尻目に見ると、鳩尾の辺りが急に引き攣って痛みを覚えた。まだ実感はないが、人が二人死んだのだ。

悪い印象しかないとはいえ、紅子に関して言えば常盤を産んだ人であり、その点では感謝しかない。しかも彼女が剣蘭を攫ったからこそ、自分は常盤の弟として育てられた。

常盤の人生に、そして二人の運命に大きく関与した人の命を、龍神は奪ったのだ。

「降龍の儀まで元々あまり時間がないというのに、何故この男は分刻みに予定を入れるのやら。お前と過ごす時間を最大限取るべきだとは思わぬか？」

「べつに……思いません。今は新教祖として期待や重圧を感じてるだろうし、試されてる時でもあります。やるべきことに集中して辣腕を揮い、結果を出すのが最優先です」

「ふむ、人間は寿命が短いからな。ゆっくりもしていられないか」

「はい、そうなんだと思いますけど、そんなことより本当に、おばさんを……紅子さんと蘇芳を殺したんですか？」

「殺すなどとは人聞きの悪い。私は罪を犯した者に罰を与え、心の臓を止めてやっただけのこと。そうだ……懲罰房にいる竹蜜（たけみつ）や、その支配下にあった者達も始末しておかねば。お前に厚く重たい本を投げつけ、殺そうとした悪（あ）しき心の男達だ。常盤は社会的な抹殺で許してしまったが、あれは納得のいくものではなかった。特に首謀者の竹蜜に関しては、贔屓生ということもあり随分と軽い罰で終わったのだ。故に私の手で正気を奪ってやったが、まだ足りないと思っている」

「ま、待ってください！　あれはもういいんです！　終わったことだし、その時ちょっと痛かっただけで、時間が経（た）って記憶も薄れてるし、本当にいいんです。それに、人間っていうのは、死ぬ方が楽な場合もあるらしくて……俺は死んだことがないからわかりませんけど、社会的に抹殺されたり拘束されたりしてる方が、つらいこともあると思います」

「丸二日も眠り込んでおいて、『その時ちょっと痛かっただけ』は嘘（うそ）だと思うが、なるほど確かに、将来の希望をなくしたうえに自由を奪われているのはつらかろう」

「はい、人によっては死ぬよりつらいはずです。とにかく、竹蜜や仲間の大学生には手を出さないでください！　それだけじゃなく、もう誰の命も奪わないでください。もちろん常盤の命もです！」

草木に触れながら歩く龍神に、薔は強い口調で訴える。

訊かなければならないことをもう一度訊くつもりだった。機嫌を損ねてはならないが、決して曖昧なままではいられないことが一つある。正確にはいくつもある中で、特に大切な一つ、他の何にも代えられない常盤の魂の在り処だ。

「龍神様……常盤は今、どうしているんですか?」

握られた右手で龍神の左手を強く握り返しながら、薔は親指で火傷の痕を感じ取る。常盤の左手に残るそれは、かつて龍神の怒りを買った印だ。常盤を戒めるように、今も刻まれている。

「私が常盤だ」

違う、その体は常盤の物だ。目の色を除けば何もかも常盤のままで、髪も爪も、火傷の痕さえも、全部常盤の物だ──そう言って抗議できる相手ではないけれど、否定を籠めた目で紫眼を見据えた。「常盤の意識はどこにあるんですか?」と、具体的に訊き直す。

「私は常盤として、西王子篁として、これからお前と共に生きていく。人として地に足をつけた暮らしをして、人として死ぬ。そうして天に帰るのだ」

「龍神様、お願いです。俺の質問に答えてください」

「私を常盤と呼びたくないなら、人前では教祖様と呼べばよい。それならば他人に聞かれても怪しまれなくて済む」

「教祖様、常盤の体のことじゃなくて、中身は……」

しつこく訊いて怒らせるのを恐れながらも、薔は引かずに食い下がる。

今は龍神自身が、その問いを受け入れている気がした。口では躱しながらも、もう一度訊かれたら答えてやってもいいと思っているような顔つきで、口元を綻ばせている。

「常盤の、中身は？　意識とか魂とか、そういうものはどうしたんですか？」

今度こそ答えを得られるはずだと、確信めいたものがあった。

事実、唇が動きだす。ゆっくりと開いたその唇は、「消滅した」と答えた。

常盤の口で、常盤の声で、「消滅した」と、確かに言った。

頭の片隅にもなかった言葉に、薔は氷水を浴びたような冷感を覚える。

足は止まり、膝が揺れた。覚悟はもちろんのこと、想像すらしていなかった。

儀式の際、常盤の体に龍神が降りても問題なく日常に戻れるように、この事態もすぐに終わると思っていた。或いは、そう思いたくて、それ以外の可能性を排除していたのかもしれない。深刻に取るべき状況にもかかわらず、当たり前に元に戻ると信じたくて――。

「……っ、待ってください。消滅って……常盤の魂が、消滅？」

「そうだ、西王子紅子や蘇芳と同じように、常盤は死んだ。あの者達との違いは、肉体は死なず、私の憑坐として生き続けるということだけだな」

消滅に続く決定的な一言に、薔の世界は暗転する。

足元が歪み、闇が空から下りてきた。

頭上に垂れ込める陰雲が目の前に迫り、黒龍が生みだす黒い積乱雲に呑み込まれる。よろめく体は、皮肉にも常盤の命を奪った龍神によって支えられ、しゃがむ自由も転ぶ自由も与えてもらえなかった。

——違う……命を奪われてなんて、いない。常盤が死ぬわけない。体はちゃんとここにあるのに、俺を置いて……消滅なんてするわけない！

衝撃にふらついている場合ではなく、龍神に頼らずとも自分の足で立っていなくては、まずは俺が正気でいなくては——そう言い聞かせる薔の耳に、龍神の声が届く。

来た道の方を見ながら、「お前は……」と彼は呟いた。

馬に跨がる竜虎隊員ではなく、徒歩で人が近づいてきたのがわかる。まだ闇が晴れない、赤黒く渦巻く薔の視界に、上下白の制服を着た人物が割り込んできた。

「今の話は、本当ですか？」

剣蘭の声が聞こえた瞬間、視界が鮮明に変わる。

眩暈や動悸は残っていたが、目に映る本来の情景が戻ってきた。

月も星も見えず、煤けた雲に押し塞がれる森は、いつにも増して鬱蒼としている。

濃い緑と土の匂いが漂う中で、剣蘭は微かに白い息を吐いていた。

「薔、その人の中身は、本物の、龍神様なのか？」

「剣蘭……」

距離を詰めてくる剣蘭の姿に、薔の心は二つに揺れる。

独りで立ち向かおうとしていた事態に剣蘭が介入することを心強いと思う面もあれば、第三者の介入によって、これが事実になることを恐れている面もある。

どちらも正直な気持ちで、それでも最後は、来てくれてよかったと思った。この先、きっと独りではできないことがある。これまでにも悔しいくらい助けられてきた。

自分には思いつかない提案や、とてもできない行動によって剣蘭が何度も助けてくれたことを、一つだって忘れていない。

「今、確かに聞こえたんです。常盤様が死んだって、そう仰ってましたよね？　その紫の目は、常盤様の体に神が降りている証、なんですか？」

剣蘭は常盤の姿の龍神と、龍神に腰を引き寄せられている薔を交互に見て、幽霊にでも出くわしたような顔をしていた。

「常盤様と、常盤様の御身内の方々は、本当に亡くなられたんですか？」

龍神の目を凝視しながら、剣蘭はさらに質問を重ねる。

息遣いが聞こえるくらい近づいてきて、「どうか答えていただけませんか」と迫った。

走ってきたのか息が少し上がっていて、外灯のわずかな光の下でもわかるほど顔が引き攣っている。顔色もよくなかった。血の気が引いているのは薔も同じだが、剣蘭もまた、常盤が死んだと聞いて平静ではいられないのだ。

「如何にも、私はお前達が神として崇める黒龍だ。常盤からこの体をもらい受け、実母の紅子と叔父の蘇芳の命を奪った。過去に薔を傷つけた罰を下したのだ。私には未来を予見する力はないが、この先あの二人が生きていて、薔にとってよいことがないのはわかる。それは神でなくとも想像がつく話であろう？」

龍神は訊かれた以上のことを語り、剣蘭に問い返した。

橘嵩や業平に対しては常盤として振る舞っていたが、立ち聞きをしていた剣蘭の前では繕う気がないようだった。本物の常盤さながらに堂々としている。話を聞かれたから仕方なくというわけではなく、剣蘭ならば構わないと、そう思っているように見えた。

「御身内の二人のことはともかくとして、常盤様が死んだことが薔にとっていいこととは思えません。貴方は常盤様を新教祖として選んだのに、何故こんなことをするんですか？最初から、常盤様の体を乗っ取るのが目的だったんですか？」

薔が訊きたかったことを躊躇なく訊く剣蘭を、龍神は無表情で見据えていた。

薔の手を握り、腰に手を回して引き寄せたまま、よく似た顔の剣蘭と視線を交わす。

バチバチと火花が散っているようにも見えたが、燃えているのは剣蘭だけだった。

龍神は、彼の熱さを嘲笑う冷めた目をしている。

「最初からそれが目的だったわけではない。常盤が約束を違えたから、こうなったのだ。いずれにしても八十一鱗教団は私の託宣を得られなくなり、常盤がかつて望んでいた通り弱体化するであろう。やがて滅びる日がやって来る。私は今後、無力な教祖常盤として気ままに生きるつもりだ。剣蘭、西王子家はお前にやろう。常盤の代わりに継ぐがよい」

予見する力はないと言っていた龍神は、それでも教団の未来を語る。

剣蘭は唇を戦慄かせ、黙って歯を食い縛っていた。

「そんなもの要らない」と言いたげに、龍神を睨み据える。

——教団がどうとか、そんなの……どうだっていい。

今の薔にとって、教団や西王子家の行く末など二の次だった。

多くの人の命運がかかっていようと、今は心を砕く余地がない。

常盤が消滅したという、その言葉に、意識は疎か肉体までも囚われていた。

呼吸すらも苦しくて上手くいかず、引き絞られる心臓が痛くてたまらない。

「常盤は、貴方の中で……眠っているだけだと思います」

そうではないと言われても、納得できる道理がなかった。

常盤の魂が生きている証拠がない一方で、消えた証拠もないのだから、龍神がいくら「消滅した」と言っても、「死んだ」と言っても、生きていると信じ続ける。

常盤が彼自身の体の奥深くで眠らされているとしたら、もしくは、龍神に追いだされて目に見えない霊魂のように虚空を浮遊しているとしたら——それを目覚めさせるのも呼び寄せるのもきっと、想いの力だ。

——自惚れでもなんでもなく、常盤は俺を置いて易々と逝ったりしない。たとえどんな状況でも俺のことを考えて、必死にこの世にしがみついてくれる。眠ってるなら目覚めてくれるし、彷徨ってるなら必ず戻ってきてくれる。それが難しいことでも絶対に諦めない
常盤を、俺も諦めない。絶対に、絶対に諦めない！
常盤の愛情も執念も、生命力も、すべてを信じているから、龍神が何を言おうと決して折れない。常盤の魂を誰よりも強く刺激し、引き寄せられるのは俺なんだと自信を持って、死の恐怖を頑として撥ね退ける。もしも死を受け入れて頽れたら、常盤はどんなにか悲しむだろう。起こる奇跡も起きなくなってしまう。

「常盤は生きてます。必ず、その体を取り戻します」

「お前が何を信じようと構わないが、私は常盤の体を完全に手に入れたのだ。この体は髪一本に至るまで私の物になった。それが事実だ」

龍神は無情に笑い、左手を目の高さまで上げる。

火傷の痕が残る掌や、事故による傷痕が残る手首をまじまじと見てから、手を返した。

外灯の光に向ける形で、薔と剣蘭に痛々しい傷痕を見せつける。

「この体の、唯一醜いところだ」

眉を顰めた龍神の目が、鮮やかに光った。

一度は人間並みになっていた輝きが瞬く間に神の目へと戻り、金属的な光を放つ。

「もう戒めは要らないな、すべては私の物なのだから」

紫色に輝く瞳の先で、常盤が負っていた傷に異変が起きる。

まるで細く小さな稲妻を発するように、左手が紫の光を放った。

静電気が起きた時のバチバチッという音や、空が割れる音をそのまま絞った音が次々と鳴り、手首や掌を中心に指先まで紫に光る。

あまりにも局所的で小さな雷光の中で、いまさら治るはずのない古い火傷の痕が、赤くなったり白くなったりと変化を見せ、傷ついた皮膚が伸縮を起こしていた。

目を瞠(みは)る勢いで生まれ変わり、斑(まだら)だった色や引き攣った部分が落ち着きを見せる。

やがて紫の光が消えると、常盤の手がどう変化したのか顕著にわかった。血管のように盛り上がっていた手首の手術痕も、酷(ひど)い開放骨折をしたのが嘘のように平らに戻る。

男らしく頼もしい大きさでありながら、すらりと指が長く、整った手――右手と同じく瑕疵(かし)のない肌の手に、薔の目は釘(くぎ)づけになった。

常盤の傷が治ったにもかかわらず、自分でも驚くほどの衝撃を受ける。

これは常盤にとって悪いことではないと、もちろんわかっている。頭では重々わかっているけれど、初めて目の前で起きた奇跡に動揺せずにはいられない。

――龍神が……龍神様が、実在するってことは、保育部の頃から……一応それなりに、信じてたと思う。四月十日の夜に神子になって、初めて神の姿を見た。もう、信じるとかそういうんじゃなく、存在していて当たり前になってたし、常盤の目が人間離れした色に変わるのを何度も見た。傷の治りがやけに早かったり、運がよ過ぎたり、神懸かりなことはたくさんあったけど……でも、こんなのは初めてだ。

ざわつく肌が粟立ち、冥感に触れた体に震えが走る。単純な恐怖ではない畏怖が、全身を駆け巡った。神を神として認識すればするほどに、その口から発せられた言葉が重くなる。彼は確かに、常盤の魂は「消滅した」と言ったのだ。「西王子紅子や蘇芳と同じように、常盤は死んだ」と、そう言った。

——そんなはず、ない……違う、絶対に……。

神が言うなら、それは真実ではないかと流されそうな自分は、望むと望まざるとにかかわらず、八十一鱗教団の信者だ。それこそ魂にまで刷り込むように、この神を唯一無二の存在として教えられているけれど、龍神の発言は絶対だと信じる思考そのものが教団によって作られたもので、自分自身の考えではないことを忘れてはいけないと思った。

「常盤を、返してください」

常盤の影響以外は受けない、常盤の愛情を無条件に信じていた幼い頃の自分……本当の自分はどこにいるのか、それを探して己の心を掘り起こせば、やはり常盤を信じる想いが見えてくる。八十一鱗教団の人間としては、どうしたってこの神を信じてしまうが、それ以上に常盤を信じている。

「常盤の魂と、体、全部返してください」

綺麗になった手を眺め、指を動かし開閉を繰り返す龍神に、薔はもう一度要求した。

剣蘭も一歩距離を詰め、傷がなくなった左手を食い入るように見る。

人間には不可能なことを、いとも簡単に行う神――遠く離れた場所にいても人間の命を容易く奪える脅威を前にして、言葉が出ない様子だった。

「すでに消滅したものはどうにもできないが、来世を約束することはできる。薔、お前が私を常盤として扱い、人として生きる私の一生に添い遂げるならば、この体が死して私が天に帰る前に願いを叶えよう。お前と常盤が望んだ通り……来世では必ず、血の繋がった兄弟として蘇らせてやる」

何もかも知っている龍神に抱き寄せられたまま、薔は何度目かの眩暈を覚えた。

来世では血の繋がった兄弟として生まれ、そしてまた恋人になりたいと、確かにそう願ったけれど、今は先のことなど考えられない。思えば贅沢な望みだった。常盤が常盤として存在し、相思相愛になれた状況で、さらに深い絆を欲していたのだから――。

「兄弟として生まれ変わったところで、再び恋仲になれるかどうかは私の知ったことではないが」

ふっと笑いながら、龍神は夜の散歩を続けようとする。

座り込みたい薔の手を引いて歩きだし、少ししてから思いだしたように振り返った。

どうしてよいのか戸惑う剣蘭に向かって、「お前もわかっているな?」と問いかける。

その問いには、威しに近い圧があった。

「剣蘭、薔は龍神に選ばれた神子であり、私は神憑きだが以前と変わらない教祖常盤だ。それ以外の何者でもない。余計なことを吹聴したり、薔に触れたりするな。邪魔になると見做せば、お前も命はない」

兄の体を奪った神から威された剣蘭は、きっと恐怖に足を竦ませているだろう。

距離ができて、薔には何もわからなかった。振り返ってみても、暗くてよく見えない。

贔屓生の白い制服姿で立ち尽くしている剣蘭が、物理的な距離以上に遠く思えたのは、彼に神子だと知られたせいだ。

——俺が神子だって知って、驚いてるか? それとも、察しのいいお前はもう……薄々勘づいてたりしたのか?

神子だという事実を、友人に知られる——それはとても大きな事件であるはずなのに、今は些末なことに思えた。知られたくなかったし、騙していて申し訳ない気持ちもあったけれど、そんなことはどうでもいい。

——常盤……俺は、絶対に諦めないから!

剣蘭から視線を逸らし、薔は龍神の手を強く握り返す。

傷一つなくなった左手に、あえて遠慮なく力を籠めた。

2

常盤の姿の龍神が森の散策を終えたのは、午後八時を過ぎてからだった。

学園で行われる通常の儀式よりは早いものの、今夜の予定としては遅れが生じている。

龍神と一旦別れて贔屓生宿舎に戻った薔は、もちろん誰にも文句など言われず、粛々と迎えられた。興奮を隠しきれていない橘嵩の案内で和室に通され、降龍殿に行くための黒い和服に着替えさせられる。

先に着替えて待っていた剣蘭と白菊の視線が……特に剣蘭の視線が気になって仕方がなかった薔は、私語が許されない中で速やかに制服を脱いだ。

普段は三人同時に着替えるため、見たり見られたりといった感覚がないが、今日は状況が違う。白菊は体ごと背を向けてくれて、それがマナーだと思っているらしい。

薔としてもこの場合はそれが理想で、自分が逆の立場なら同じことをすると思ったが、剣蘭は遠慮なく視線を向けてきた。内心、「見るなよ」と言いたくても、神子であることを隠していた立場で偉そうな態度は取れなかった。私語は慎む場でもある。

白菊が抑えた小声で「剣蘭」と、しかしきっぱりと窘める口調で言っても、剣蘭は薔の着替えを見るのをやめなかった。和服に袖を通し、帯を結ぶ段になっても見ている。

——剣蘭、怒ってるのか？　そうだよな、俺は狡いことをしてただけじゃなく、神子だってことを隠してきた。頼るのは嫌だとか、守られるのは嫌だと思う一方で、お前に散々世話になってきたのに……常盤と一緒になってお前を欺いてたんだ。

自分の一挙手一投足を追う紺碧の瞳に肌を刺されながら、薔は痛みに眉を寄せる。

剣蘭は今、自分とは違った意味で大きなショックを受け、痛手を感じているのかもしれない。常盤が龍神に乗っ取られ、その魂が行方不明になり、実在するかどうか曖昧だった神と接触して威された挙げ句に、薔が神子だという事実を常盤からも薔からも教えられていなかったと知ったのだから、今どんな心境にあったとしても仕方がない。

——腹を立ててるのか混乱してるのか、剣蘭の気持ちがわからない。俺も、どうしたらいいかわからなくて……信じることしかできなくて、お前を慮る余裕がない。

私語が許されない儀式は、この和室からすでに始まっているようなものだった。

贔屓生一組の三人は、無言のまま決められた順に宿舎を出る。

先頭を歩く竜虎隊員に続き、薔、剣蘭、白菊、その後ろにもう一人の竜虎隊員という、いつも通りの並びだ。手には表面が和紙で出来ている灯籠風のカンテラを持ち、ぽうっと光るそれをほぼ等間隔に五つ連ねて歩いていく。

空は相変わらず暗く、重く迫る煤色の雲に塞がれていたが、龍神との散策を始めた時に比べれば灰混じりになっていた。

見た目は五重塔に似た降龍殿に到着すると、隊服ではなく黒い羽二重姿の竜虎隊員に迎えられる。今夜は先のことがわからない不安がたくさんあり、この三人で初めてここに来た夜を思いだした。

あの時、三人を出迎えたのは椿だった。

そして紙垂を垂らした注連縄の向こうには、首から紫色の勾玉を下げた常盤がいた。

あの時は竜虎隊隊長として、そして今は、空位のままの隊長の代わりに祈禱役を務める教祖として、三人の前に立ちはだかる。

「――っ、ぇ」と、常盤であって常盤ではない男を前に声を漏らしたのは白菊だった。

白菊は今夜の祈禱役を常盤が務めることを知らなかったので、常盤がいるだけでも驚くはずだが、今のはそれだけではない声色だ。

龍神に乗っ取られた常盤の目は、異様な輝きを抑えたところで無視できない色であり、初めて見た者は誰でも驚くだろう。ましてや常盤の目が生来黒いことを知っている者は、何か言わずにはいられなくなるはずだ。

「選ばれし竜生童子よ。そこに座し、我らの神に祈るがいい」

頗るよい声で、彼は言う。権威的な低音は常盤の声に違いないが、厳かな雰囲気とは裏腹に、今夜の儀式は酷い茶番だ。

龍神は流れるように儀式を取り仕切り、白菊は動揺しながらも黙って従い、薔もまた、剣蘭と共に感情を殺して流れに沿う。御神酒が無意味な物だとわかっている今、薔は口を軽くつけるだけで飲みはしなかった。祭壇に向けて「来たれませ、来たれませ」と祈る龍神の背中を見上げながら、合わせた手に力を籠める。

常盤はいつもここで、同じ祈りを捧げていた。呼ばれた神は本当にやって来て、そのまま戻らず常盤の体を我が物顔で乗っ取っている。ほぼ完璧に常盤を演じ、自分自身を呼び寄せるための形式ばかりの祈りを、馬鹿馬鹿しいと思いながら捧げているのだ。

——降りてしまった神を、どうしたら追いだせるのか。そして常盤を取り戻せるのか、そんなこと俺が頭を捻って答えが出るような問題じゃない。命が懸かってる以上、試して失敗するわけにもいかない。結局、この人に……龍神様に直接訊くしかないんだ。機嫌を取るために媚びを売る破目になろうと、俺は必ず常盤を取り戻す。

祈禱場に響く祈りとは逆のことを祈りながら、薔は静かに瞼を閉じる。

常盤の姿をした神を相手に、できないことなんて何もないと自分に言い聞かせた。

神子として奉仕しろと言われれば、なんだってやる。

抱かれろと言われればおとなしく抱かれ、媚態を見せろと言われれば喘いでみせる。

それにより常盤の魂と体を取り戻す光明が見えるなら、すべては容易なことだ。

——常盤……俺はここにいる。どうか早く、戻ってきてくれ！

覚悟を決めて、瞼を上げる。

四月の自分と今の自分は違う。愛されてきたから、独りであっても独りじゃない。常盤の魂を感じながら、不屈の意志で戦う所存だった。

降龍殿の五階の浴室で、薔は独り禊をする。

檜の香る湯に浸かりながら、ここで常盤と過ごした甘い時間を思い返した。

今夜これから挑むこととはあまりにも違っていて、思いだすほど苦しくなる。

それがわかっていながら、記憶の中にいる常盤と再会した。

『お前にこんなふうにされたら、湯に浸かる前から黒龍が出てきそうだ』

お互いの体を洗い合い、性器に触れ合っている時に、常盤はそう言っていた。体温が上昇すると浮かび上がる朧彫りのことだが、今はもうそんな話では済まなくなっている。

本物の黒龍に、神に体ごと乗っ取られるなんて、あの時は夢にも思わなかった。

――ここで体を洗い合って、冗談ぽいことを言って、この風呂に一緒に浸かったんだ。子供の頃、俺は常盤の股間を睨んで叩いたとか、そんなこと言ってたよな？

くすぐったくて気持ちがよくて、楽しくて恥ずかしくて、常盤と過ごした時間は、振り返ればどれも贅沢なものだった。せっかくの時間を自ら終わらせたり、話の途中で走って逃げたり、あとで悔やむようなこともたくさんしたけれど、今はすべてが輝いている。

「常盤……」と声に出して呟（つぶや）くと、湯気の中にあの夜の常盤が見えた。

同じ姿をしていても、龍神の微笑は常盤のものとは違う。

多情な龍神に、あんなにも愛情深い顔はできない。俺だけを愛してくれていると、そう感じられる表情は常盤のものだ。そして自分だけのものだ。

『薔、今宵（こよい）はお前と共に過ごす』

散策の終わりに、龍神はそう言った。あとの予定はすべて断るとも言っていた。

本物の常盤が決めたことを気が向くままに覆し、龍神はもうすぐここに来るだろう。

それが何を意味するのかわからないほど子供ではなかった。

相手は神子を抱く男に毎晩憑依（ひょうい）する好色な神で、自分は神の愛妾（あいしょう）に等しい神子だ。

そして神は、最も好む憑坐（よりまし）の体を手に入れた。

——具体的に考えると……当然嫌だ。でも、常盤に憑依する形では過去に何度もしてることだし、いまさらだ。これまで不正を続けてきた俺は本当に恵まれていて、茜（あかね）を始め、贔屓生二組や三組の五人は、好きでもない隊員達と儀式をしてきた。今年度の神子がこれ以上選ばれる可能性はゼロに近いのに……ずっと誰かに抱かれてきたんだ。

常盤のことを思えば、いくら相手が龍神でも抵抗を感じる。

常盤が絶対に嫌だろうと思うと、申し訳ない気持ちにもなる。一方で、歴代の贔屓生や教団で働く神子が味わった苦痛と比べると、不満を抱くこと自体が罪に思えた。

──神子は月に一度は龍神を降ろさないと見限られる。怒りを買って命を奪われるってことは、逆に言えば龍神はそれだけ自分への忠誠や愛情を求めるってことだ。俺が意地を張って不請不請って感じで抱かれたら、気を悪くするかもしれない。たぶん、神を本気で愛するのが理想の神子で……それを演じないと御機嫌取りにはならないよな……。

媚びることに慣れていない薔は、浴室をあとにして鬱々と緋襦袢に袖を通す。

もしもここにいるのが杏樹なら、上手くできるだろうと思った。よい手本として杏樹の言動をイメージして、なるべく近づけるのが適切だろうか。そして龍神のことを常盤だと思い込み、いつもは多少抑えている常盤への好意を、前面に出せばいいのだろうか。

──鍵の音……。

居間に出ると、襖越しに金属音が聞こえた。主扉を開ける音と、控えの間の襖を開ける音が続く。現れたのは、紫の目をした常盤──に見える龍神だった。

「薔、待たせたな」と、いつものように彼は言う。

常盤とここで過ごす夜と変わらないだけに、胸がしくしくと痛んだ。

一見何も違わないようで、決定的に違うのだ。常盤の意識があるかないか、それは天と地ほども違う。香り高い蜜の溢れる百花繚乱の世界から追いやられ、見た目ばかり美しい無味乾燥な絵の中に、閉じ込められた心地がした。

「湯上がり紅顔の美童か、いいな……お前はやはり愛くるしい」

左右どちらも同じになった手で、薔は肩を撫でられる。

びくりと反応してしまったが、嫌な顔はしないよう努めた。

「俺は、もう十八だし、美童って感じじゃないと思います。愛くるしいとも思わないし、背も、わりと高い方なんです」

「私にとっては愛くるしく幼い神子だ。最も可愛い」

「──っ、最も？」

「この体に降りると、お前がより一層美しく見えて、愛しくなるから不思議だな。いや、不思議なことなど何もないか。常盤の体なのだから、道理に適った現象だ」

龍神の顔を見上げながら、薔は言葉に詰まる。

常盤から「最も可愛い」などと言われたら、複数の中の一番なのかと不安になるところだが、龍神に言われる分には望ましい答えに思えた。常盤以外から強く求められることを鬱陶しいと思っても、そんな私情は押し退けて迎合しなければならないのだから。

──最も寵愛を受けるくらいじゃないと、常盤の魂を取り戻すチャンスを得られない。勝手なことをされないようなるべく近くで見張っていたいし、それに……他の神子に気が行ったら、常盤の体で最悪なことをされる。まだ飽きてない若い神子に、手を……。

元同級生の最年少神子、杏樹と、薔が教祖選で化けたために表向きは常盤を教祖にしたことになっている桃瀬──頭に浮かぶ二人の神子が、目の前の常盤の両脇に侍る。

男の艶色に満ちた顔に、愛らしい二人が薄桃色の唇を寄せた。

背伸びをしながら頬にキスをして、「今夜は僕を」と寵を競う。

今は薔の両肩に触れている常盤の手が、杏樹と桃瀬に向かっていった。

そのうなじを艶めかしく撫で上げて、二人のうちの一人を選んでキスをする。

「さ、寒く、ないですか？」

本物じゃなくたって、そんなの絶対許せない――瞬間的に独占欲一色に染まった薔は、暗に奥の部屋へと誘う。他の誰かに奪われるくらいなら、自分が触れられている方がましだった。ただ触れられるだけではなく抱かれたとしても、同じことを杏樹や桃瀬にされるよりはずっといい。

「私は平気だが、お前は湯冷めしてしまうな」

両肩から上腕へと滑り落ちる手に、肉づきを確かめられる。

緋襦袢の上から肘の尖りをなぞられ、腕から手首までゆっくりと撫で下ろされた。

「奥へ行こう」

龍神であれ常盤であれ、こういう時の声は普段以上に艶めくものだった。

囁かれると体の奥に震えが走る。中身も常盤でなければ嫌だと思う心を裏切り、快楽を期待する淫らな本能が揺り起こされているようだった。

薔としては、震えの正体は武者震いだと思いたいところだ。

背中の中心に手を当てられながら向かう寝室には、大きな布団が敷かれていた。

基本は赤で、掛け布団は金糸や銀糸が織り込まれた豪華な錦織だ。床の間には龍神の好物とされる翡翠玉と燕の剥製、菊形の器に入った水が飾られている。

龍神様は本当にこれらの物がお好きなのですか——と、直接問える立場に置かれていることに、心が波立つ。彼が紫眼の黒龍であることを疑う余地はなく、既知の存在と感じたために早々に受け入れたが、人伝に知ったなら信じ難い状況に違いないのだ。

「翡翠とか、燕とか、お好きなんですか？」

掛け布団をめくって座った薔は、あえて訊いてみる。

特に興味のある事柄ではなかったが、本当に訊きたいことは訊けなかった。

それはこの先、機嫌を取りつつ隙を見て訊くしかない。何しろ神なので人間とは感覚が違うかもしれないが、「常盤の意識はどこにあるんですか？　消滅したなんて俺は絶対に信じません！」と、常盤にしか興味がない態度を見せるのはどう考えても悪手だ。まずは目の前にいる相手への興味を示し、反応を見ながら策を練るべきだと思った。

「翡翠は好きだな」

「燕は、そうでもないんですか？」

「嫌いではないが特に考えたこともない程度だ。翡翠ですら執着しているわけではない。そんな物より美童が好きだ」

「そ、そうですか」

「特に今は、琥珀の瞳の美童に惹かれてやまない」

赤い布団の上に緩やかに押し倒され、瞼に唇を寄せられる。

常盤の姿なのだから、声も含めて好ましいのは間違いない。中身にしても龍神であり、その寵愛を受けるのは悪いことではないと、繰り返し自分に言い聞かせた。

突発的に嫌気に支配され、「嫌だ、やめろ！」と怒鳴って撥ね退けそうになるが、暴れかける心を宥め賺しておとなしくする。

「ん、ぅ」

よく知っている唇に塞がれ、熱い舌を捻じ込まれた。

常盤だと思い込んで背中に手を回し、体や舌の強張りを解く。何もかも頑張らなければできず、油断するとすぐに、きつく瞼を閉じたり眉間に皺を寄せたりしてしまった。

そうしていることに気づいては力を抜き、まんざらでもない態度を意識する。

「う、ふ……ぅ」

薔は自分からも舌を絡め、龍神の顔が少し離れた際に下唇を食んだ。未練を見せ、追いつつ吸う。艶っぽい仕草も表情も、いつの間にかわかるようになっていた。常盤が相手だと照れがあって実行できないのに、神が相手だと割りきれるものがある。

「……あ、ぅ」

声を殺さず、それでいて控えめに喘いだ。

薔が求めたせいか、離れずに戻ってきた唇が深く沈んでくる。

元々合うように作られたかの如き(ごと)凹凸が、ぴたりと嵌(は)まった。弾力のある唇や蠢(うごめ)く舌の交わりは、常盤の物だと思えば心地(ここち)好くて、頭の芯(しん)がくらりと揺れる。

——気持ちいいなんて、思いたくないけど……思える方が楽ではあって、でもそれは、罪悪感を覚えることでもあって……ただ、キスの仕方が似てるのは事実で……。

常盤以外とのキスなどろくに知らないけれど、少なくとも杏樹や椿と交わしたものとは異なり、同じ形と同じ動きをする唇がここにある。

常盤を感じると、左右の乳首が同時に硬くなり、つんと尖った。

それを見計らったように、二本の指で摘(つ)まみ上げられる。

「く、ぁ……っ」

緋襦袢越しに、指先や爪(つめ)の形を感じた。滑らかな絹を利用する指が、早く動いて快感を与えてくる。摩擦音が微(かす)かに聞こえるたび、腰がひくついて浮き上がりそうになった。

「う、ん……！」

龍神の手が緋襦袢の下に忍んできて、肌を暴かれる。ますます尖った乳首を、親指と中指で摘まみ上げられた。先端を人差し指の腹で揉(も)み崩され、爪で軽く弾(はじ)かれる。

記憶にある愛撫(あいぶ)に、またしてもくらくらと眩暈(めまい)がした。

——常盤……どこにいるんだ？　その体の奥に、眠ってるんじゃないのか？　俺とこうすることで何か感じて、目を覚ましたりしないのか？

本物を求める心があればこそ余計に、今ここにある唇に心を摑まれた。生き生きとして熱っぽい唇を味わうと、体が生きていることへのありがたみと希望が湧いてくる。

「……ぅ、ふ、ぁ」

心音や体温を感じたくて、背中を強く引き寄せる。キスや愛撫に意識を持っていかれて心音はよくわからなかったが、温もりはすぐに感じられた。

生命力に満ちた筋肉や、太く重そうな骨の感触に涙腺が緩む。

「あ……っ」

唇が離れるのは淋しく、けれども首筋を舐められれば新たな悦びに気が移る。

鎖骨を甘く嚙むように食まれるのも、肌を吸わずにキスの雨を降らされるのも、体が知っている動作だった。艶やかで触り心地のよい黒髪が、首筋や肩の表面を滑る。

エクストレの香りがなくても、常盤の匂いを思いだすことができた。

「異国の血を感じさせる白さでありながら、この国の幼子の如く瑞々しい柔肌……お前の肌は、西洋と東洋の美を集結させたかのようだ。すらりと長い手脚も好ましい」

龍神の手で緋襦袢の裾をめくられ、膝を丸く撫でられる。

露な胸元には唇が迫り、過敏になった乳首は吐息にすら反応した。

快楽を知っているだけに、舐めてほしい、吸ってほしいという願望を刺激され、常盤によって拓かれた身であることを自覚する。浅ましい欲望が頭を擡げるけれど、誰にでもされたいわけではない。それは間違いないのに、そそられて惑うものがあった。

「お前の体を、こうして隅々まで確かめたいと思っていた」

そう言う龍神に膝を折り曲げられ、脛から足首にかけて撫で下ろされる。

踝や甲、足指の関節、さらには爪の一枚一枚まで検められた。

「足の指や爪の形まで美しい。私が愛する神子は、こうでなくてはならない。どこにでもいるような、少しばかり整った美童では物足りないのだ」

「俺は、自分がそれほどだとは思いませんが」

「それが本音かどうか、疑わしいな」

「本音です、俺は……教団の神子みたいな自信家じゃないし」

「本当に謙虚な人間ならば、常盤を独り占めしたいなどとは思わないはず。白菊のように遠くから見ているだけで満足して、我が物にしようとは思わないものだ」

「いや、それは……」

むくりと身を起こした龍神は、濡れた唇を悩ましく舐める。

自身が着ている帯に手をかけたかと思うと、するりと肌を晒した。部屋の隅に置かれた行灯の光を弾く肌には、目立たないいくつかの小傷があったはずだが、今は何もない。

左手の傷痕と同じように消したのか、雄々しくも美しい、一切の瑕疵がない体だ。

薔が目のやり場に困るほど大胆に、一糸纏わぬ姿になった龍神は、常盤の隆起した胸や割れた腹を満足そうに撫で下ろす。

「人としての私の肉体は、実に美しいであろう」と訊いてきた。

「……はい」

「この男は生まれながらに恵まれているが、それに慢心して怠惰に生きていたら、今このような凛々しい顔つきや逞しい体にはなっていない。人は、持って生まれた運も才能も、その後の努力も、すべてを誇ってよいのだ。私は自信家で気の強い美童を愛している」

一見すると自己愛の塊に見える龍神は、薄笑いを浮かべながら薔の足首を摑む。

ぐいと高く持ち上げると、手の甲にキスでもするかのように足の甲にキスをした。

「な、何を……」

「薔、よく憶えておけ。私の神子達は常盤を欲している。教祖になった常盤を得るだけの魅力があると、それぞれが自信を持っているのだ。だが、実際に得られるのはお前だけ。少なくともこの体の持ち主が常盤であるなら、そのまま変わらなかっただろう」

「これからは、変わると、そう仰りたいんですか？」

「頂点を極める神子らしく堂々としていれば、今後も変わらないかもしれないが、何しろ私の心は移り気で、明日どうなるかなど私自身にもわからない」

隠す物が何もない剝き身の体で、龍神が覆い被さってくる。

これからどう接するべきなのか、考えずにはいられなかった。その言葉のすべてを真に受けるなら、自信を持つ者だけができる大胆さで迫った方がいいのだろうか。

『早く上手くなられるよりも、少し未熟で教え甲斐があるくらいが俺には嬉しい』

そう言っていたのは常盤であって、ここにいる神は違うのだ。

房事に長けた大勢の神子を可愛がることを好み、一人に対する深い愛情はない。下手をすれば本当に、他の神子に奪われてしまう。自分が誰よりも優れていると、最も魅力的だと信じて、神の望み通りに振る舞うべきなのかもしれない。

「この体に、色々と奉仕したかったのだろう？」

「……はい」

中身が常盤だからこそ、したかった。能動的な行為で気持ちよくなってほしかったのも悦ばせたかったのも、最初は理由があって――認めてほしくて背伸びをしていたところも多分にある。けれども根底にあったのは、そうしたい衝動が湧き起こったからだ。

ああいった行為によって、幸せを得られたからだ。

「常盤にしたかったことを、なんでもしてよいぞ。私は常盤のように拒んだりはしない。薔、お前の欲望のすべてを受け止めてやろう」

黙って抱かれることはできても、貴方に対して欲望は湧きません――そう言いたくても

言えなくて、薔は龍神の腰に手を伸ばす。赤い布団から背中を起こし、光と影を描きだす筋骨を指先でなぞった。特に触れたいとは思えない性器が生半可な状態から奮い立とうとする様を見ながら、利き手に力を入れる。

　何度でも覚悟を決めて、繰り返し腹を括り、やるべきことをやるしかないと思った。

「――っ、ぁ」

　薔の指先が龍神の性器に触れかけたその時、突如ノックの音が響き渡る。

襖の向こうにある居間の、さらに先の控えの間からの音だった。

襖ではなく鉄扉を、誰かがドンドンと激しく叩いている。

「誰か来たみたいです。なんか慌ててるっぽいけど、何かあったんでしょうか」

　降龍殿で様々な事件を経験してきた薔は、荒っぽいノックにたちまち警戒した。

神なら天眼通でなんでも御見通しだろうと思い、特別な意図はなく訊いてみたのだが、返ってきた言葉は意外なものだった。

「こんなことで力を使いたくない」

　龍神はそう言うなり立ち上がり、居間に向かおうとする。

　重力に逆らって盛り上がる筋肉質な臀部を薔に向け、すらっと勢いよく襖を開けた。

「ちょ、ちょっと待ってください！　裸で出たら駄目です」

「何故だ？　ここは公共の場ではない。それどころか裸で睦み合うための部屋だ」

「そういう問題じゃなくて、ちゃんと隠してくださいっ」

「そもそも、この体を衣服で覆い隠してしまうのは惜しいと思っている。見せても問題のない相手には、むしろ積極的に見せるべきであろう」

「龍神様、常盤として生きるなら、常盤らしく振る舞わないとおかしなことになります。とにかく今は俺が出ますから、早く着物を。面倒なら浴衣でもいいですから」

薔は龍神が脱ぎ捨てた着物と、手つかずの浴衣を指差し、大急ぎで緋襦袢を整える。

鉄扉の向こうからは「教祖様！」と声がして、訪問者が誰なのかはもうわかっていた。

「剣蘭、どうしたんだ。何かあったのか？」

居間に置いてあった内鍵を使って施錠を解くと、剣蘭が透かさず滑り込んでくる。

いったいどんな手を使って四階の部屋から出たのかわからないが、不正によって貞操を守られている身でありながらも、きちんと緋襦袢を着ていた。

龍神ではなく薔が出たことに安心した様子で、「間に合ってよかった」と小声で呟く。

「剣蘭……」

「相変わらず緋襦袢が似合わない男だな。いきなり乗り込んできて、どういうつもりだ」

背後から声がして、振り向くと驚くほど近くに龍神が立っていた。

早々に控えの間まで来られたのは、薔の言うことを聞かずに裸のまま出てきたからだ。

片手に着物を掴んで引き摺ってはいるものの、全裸で堂々と剣蘭の前に立ちはだかる。

「私と薔の邪魔をするな。死にたいのか？」

「いえ、死にたくありません。ただ、少しだけ聞いていただきたい話があるんです」

「私はお前の話など聞きたくない」

「龍神様……これは決して悪い話ではないと思います。人として生きたがっている貴方の人生を豊かにするための御提案です。どうか、俺に時間をください」

龍神に乗っ取られた異母兄を前にして、剣蘭は淀みなく請う。

相手が裸であろうと神であろうと躊躇せず、隙をついて居間まで踏み込んだ。

そのまま流れるように下座に座り、緋襦袢の裾を整えて正座する。

「剣蘭……あ、座布団を」

「いや、このままでいい」

龍神は剣蘭の話を聞くとは言わなかったが、拒む気ならすでに拒んでいるだろう。

人生を豊かにするためと言われて多少なりと興味を持ったのか、座卓の向こうに回って着物に袖を通し、帯は締めずに座布団に座った。

「私はこれから薔と濃密な時間を過ごすのだ。手短に済ませろ」

「はい、実はその件についての御提案です。龍神様、貴方はこれから薔と共に、人として地に足をつけた暮らしをしたいと仰っていましたが、本気でそれを望まれているなら、今すぐ行為に及ぶのは惜しい話だと思います」

　間髪容れずに、それでいて流れるように話す剣蘭に、龍神は興味を引かれていた。

　追い払うのも面倒だから聞いてやるといった態度から一転、話の続きを待っている。

「龍神様はなんでも思い通りにできて、これまで数々の神子を抱き、セックスなど飽きるほどしてきたはずです。貴方が人としてまず愉しむべきは、思い通りにならないからこそ面白く、成功すれば非常に大きな達成感が得られる、心の交流ではないでしょうか」

「心の交流？」

「はい。神が人を組み敷いたところで、得られるのは肉体的な一時の快楽だけです。心が満ちて打ち震えるような悦びや、継続的な幸福感が得られるとは思えません。薔に夜伽を命じるのではなく、まずは可愛がって自分に惚れさせて、薔に求められてから抱いてこそ真の愉悦を味わえるはずです」

「ほう、真の愉悦か」

「人間の世界では、愛し愛されるのが生きる醍醐味とされています。すぐに抱いて体だけ手に入れるのは、無粋というものです。まずは心の交流を、恋愛を愉しんでください」

　薔の顔を見ることはなく、龍神に対して真摯に訴える剣蘭の姿を、薔は呆然としながら見据えていた。

　これまでも剣蘭には助けられ、それは優れた身体能力や度胸によるものだったり、よく働く知恵によるものだったりと、感心することが何度もあったが――今改めて、やはり彼こそが常盤の弟なのだと思い知らされた。神を前にして恐れずにしっかりと意見を述べ、友を守ろうとする剣蘭に、薔は尊敬の念を禁じ得ない。

常盤から薔を守るよう任されているから頑張れるのかもしれないが、今の剣蘭には、彼自身の意思もあるように感じられた。ならばこそ余計に、その言葉と視線には神の心さえ揺さぶりそうな力が宿っている。

「恋愛を愉しむか……ふむ、一理あるな」

畳に直接座る薔の隣で、龍神が頷（うなず）いた。

その横顔は確かに常盤の物だが、紫の目の輝きは常盤とは違う。色や物理的な光り方の違いではなく、露骨に興味津々といった具合で、考えていることがありありとわかった。

――そうか、龍神様は……色々なことを知識として持ってはいるけど、あまり体験してなくて、好奇心旺盛（おうせい）で純粋というか、わりと……素直なのか？

森で会った時点で、剣蘭は龍神の性格的なものを読んでいたのだろうか。

面白味のないことは面倒臭がる一方で、面白いと思えば食らいついてくるに違いないとわかっていたから巧みに言葉を選んだのかもしれない。

「薔、お前は今夜、私と何がしたい？」

龍神はすっかりその気になったらしく、肩を抱き寄せつつ訊いてくる。

やはり目がきらきらと輝いていて、新たに始まったゲームを愉しんでいるようだった。

「今夜は、お話しを……俺は龍神様のことをもっと知りたいです。この先も俺と一緒にと考えてくださっているなら、お互いのことをよく知られるように、色々教えてください」

剣蘭の助け舟から間違っても落ちないよう、薔もまた言葉を選ぶ。

言葉だけではなく表情も選んで、あえて常盤の名は一切出さなかった。

常盤を失ったのはつらい。しかし、生まれながらに信仰している神と共に生きる道を前向きに進もうとしている――ひとまず今は、そういう態度を取っておくのが望ましい。

子供っぽいところのある神ならなおさら、自分が一番でなければ気が済まないはずだ。

「いいだろう。私は人間としても常盤を超える男でありたいのだ。小僧に無粋と言われるような真似（まね）はせぬから安心しろ」

龍神は薔の髪に頬を寄せ、ふふと笑う。

やはり素直なところはあるようで、小僧などと呼びつつも剣蘭の提言に不快感は示していない。無粋ではなく粋（いき）な方向に転換したことに浮かれ、本来はどうにでもできる相手の意見を聞く自分に酔っていた。

「剣蘭、迎えがきたようだぞ」

薔を猫（ねこ）可愛がりする龍神は、剣蘭の向こうの襖に目を向ける。

ほぼ同時にノックの音がして、鉄扉が遠慮がちに開かれた。

「恐れ入ります、教祖様、薔様。今宵、四階を担当しております笹帆（ささほ）でございます。少し早いかとは思いますが、剣蘭様をお迎えに上がりました」

声の主は西王子一族出身の竜虎隊員、笹帆で、剣蘭に何か吹き込まれたようだった。

剣蘭は笹帆を言い包め、降龍の儀の最中に常盤を訪ねることを正当化したのだろう。

急用があるが数分で済むから問題ないと言ったのか、事前に常盤に呼びだされていると言ったのか――いずれにしても迎えにきた笹帆の口調には迷いが感じられ、襖の向こうで気の詰まる思いをしているようだった。

「俺は四階に戻ります。教祖様のお役に立てたようで、無理をしてでもここに来た甲斐がありました」

「うむ、今夜のことは許そう。だが、もうここには来るな。否、何より薔に近づくな」

薔の髪に頬擦りしながら言う龍神に、剣蘭は「承知しました」と恭しく答える。

この状況に対する覚悟を決めていた薔は、自分の覚悟よりもさらに強いものを剣蘭から感じ取った。常盤の指示を受けられない今、自分にできることを考え、行動し、神に従いながらも常盤との約束をきちんと果たそうとしているように見える。

「笹帆、夜明けまで剣蘭が部屋から出ないよう、厳重に見張っておけ。念のため、内鍵を閉めたあとに鍵を窓から放り投げろ」

剣蘭が控えの間の襖を開けると、龍神は笹帆に向かって命じた。

龍神と一体化し、紫の目になった新教祖――と認識されている常盤の命令は、これまで以上に絶対なのだろう。笹帆は橘嵩同様、感極まった顔をしていた。「何故そこまで？」と追及したり聞き返したりすることはなく、「承知いたしました」と畏まる。

「二度と私の邪魔をさせるな」

さらに一言釘を刺した龍神の声が、物の少ない空間にしばし響いた。

やはり龍神は常盤の知識を持っていて、降龍殿の鍵のことや、剣蘭の立場や身体能力をわかっているのだろう。剣蘭が教祖の弟であることを利用して笹帆に頼み込んだり、彼を肉体的に制圧したりして、再びここに来る可能性を完全に潰したのだ。

そのあたりの慎重さは常盤に通じるところがあると思いつつ、薔は龍神の横顔を黙って見つめた。

――剣蘭は、やっぱり頼りになる。意地とか張らずに頼って、俺はこの難局を乗り越えないと……剣蘭が作ってくれたチャンスをものにできるかどうかは、俺次第だ。

今夜はお話しを――と求めた薔を受け入れた龍神は、その言葉を忘れてはいなかった。

ゆらりと身を起こすと、「体が冷えぬよう、布団の中で話すぞ」と言ってくる。

そんなことを言いながらもまた触ってくるのではと多少警戒した薔は、それでも龍神に従い、居間から寝室に戻った。

刺繍を施された赤い布団に入り、冷えた爪先を彷徨わせると、膝と膝がぶつかる。

痺れるような痛みを感じながら、「すみません」と足を引くと、「構わん、こうして温め合いたい」と言われ、脛を重ねられた。

――常盤の顔で、常盤の声で……温め合いたいなんて言われると、変な感じになるからやめてほしい。追いださなきゃいけないのに、やりにくいというか、そもそも長年ずっと信仰してきた神だし、否応(いやおう)なく植えつけられた根強いものもあって……。

　並べられた枕(まくら)に片耳を寄せ、視線を繋(つな)げて脚を絡(から)める。今も帯を締めていない彼の脚は布団の中で剝きだしになり、薔の緋襦袢をたくし上げた。

「温かい肌だ、童子のようだな」

「はい、まあ、一応まだ、竜生童子なので」

　つい先程「もう十八だし」と言った口で、「童子なので」と言うのは矛盾しているが、公にそういう身分なので率直に答えると、龍神は「確かに」と笑った。

　剣蘭の説得に応じたのは本心からのようで、恋愛を愉しむための第一歩である会話に、早くも心躍らせているのがわかる。

――剣蘭がせっかく上手く説得してくれたんだから、恋愛を愉しませて機嫌を取って、貞操を守らないと……なんでも手に入る神からしたら、簡単に手に入らない方が面白味があって……でも、あまり無礼な態度を取ったら逆鱗(げきりん)に触れるだろうし、加減が難しい。

　そもそも恋愛の手練手管に長けていないうえに、相手は自分のすべてを知っている。ミステリアスな部分などないのだから、すぐに飽きられるのではないかと不安だった。

「俺のこと、なんでも知ってるのに、こんなふうにただ見つめ合っていて、楽しかったりするんですか?」

「ああ、とても楽しい。可愛いお前に自分の言葉で話しかけ、こうして同じ布団に入り、肌の温もりや柔らかさを感じている。己の意思で見たいものを見て、手足を動かすこともできる。これまでは、憑坐の中でひっそりと……快楽を共有するだけだった。それですら一定の条件下でしか叶わなかったというのに、これからは何もかも自由にできる」

龍神は布団の中で手と足を蠢かすと、薔の腕や脛を摩擦する。

それによって起こる衣擦れの音や、高まる熱に愛しさを感じているようだった。

「その、一定の条件下……ではない今回の完全な憑依について、少し伺っていいですか?龍神様は、常盤が約束を違える決意をしたからだって言って……仰ってましたが、俺にはよくわかりません。常盤は元々何をするつもりだったんですか?」

龍神の顔色を窺っていた薔は、訊いても問題ない空気を読み取りながら踏み込む。

判断ミスをするのは怖かったが、腕から肘まで緩やかに動き続ける龍神の手から感じる慈しみに、変化は見られなかった。

「もう随分と前からの約束だ。常盤は、教団始祖の竜花が私と結んだ契約を破棄しようと考えていた。私と縁を切って託宣が得られないようにし、八十一鱗教団を巷に溢れる有象無象の宗教団体と大差ないものにして破滅させるのが、この男の目的だったのだ」

「教団を、破滅させる？」

「或いは弱体化だな。教祖として思い通りの大改革を果たせるなら破滅までさせる必要はないが、どちらにせよ常盤が手に入れたかったのは、お前の自由だ。お前が神子になったあとは、学園や教団からだけではなく私とも縁を切らせたかったのだ。そのために常盤は教祖になった。契状を見つけだして破棄するには、教祖の地位が必要だったからだ」

勝手に起き上がる体を止められず、気づけば薔は、龍神を上から見下ろしていた。

端整な顔をした彼は、枕に頭を埋めたまま薔の視線に応じる。

口元や目元に笑みを湛えていることが多かったが、今は少しも笑っていなかった。

「あの……すみません、俺の理解力が足りなかったら申し訳ないんですが、今の話だと、龍神様も契約の破棄を望んでたってことですか？　毎年、八十一鱗教団から神子を選んで可愛がったりしてるのに……本当は、教団と縁を切りたがってたんですか？」

思いがけない話に自分の理解力を疑った薔は、「如何にも」という答えを返される。

肯定された途端に、ずんっと鳩尾を殴られたような衝撃を感じた。

恐る恐る下を向いてもなんら異常はなく、何かが起きたわけではなかったが、自分が立っている足場を崩された感覚は残っている。

「教団や神子に、愛情とか、執着とかは、ないんですか？」

「それは難しい質問だ。契約に縛りつけられている状況下では、どちらもあると言ってもよいだろう。譬えるなら、牢に閉じ込められている環境に近い状態だ。可能な限り好きな物に囲まれ快適に過ごしたいとは思うが、自由になることはそれ以上の望みなのだ」

「そ、そう、だったんですか……じゃあ、その、契状というのを破棄するのが常盤と龍神様の共通の望みで、でも……いくら神様でも独りではできないってことなんですね？」

　薔の問いに、龍神は寝たまま黙って頷いた。

　そしてむくりと起き上がると、額と額がぶつかりそうなほど顔を近づけてくる。

　実際にこつんとぶつかり、一瞬目を閉じた薔は鮮やかな紫の瞳に釘づけになった。神の力を揮いそうなほど輝いているのに、彼は一言、「見えないのだ」と零す。

「見えない？　その、契状っていうやつのことですか？」

「そうだ。私はお前達の定義で言えば確かに神の一種だが、地球や人類を七日間かけて創った創造主というわけではないからな。この世界に関して万能ではないのだ」

「七日間かけて、創る……創造主？」

「お前が知らないだけで、外の人間は誰もが知っている宗教の話だ。忘れてよい」

　龍神の言葉から、薔の脳裏には常盤が以前口にしていた「天使」という単語が過る。

　しかしここで重要なのは他宗教の話ではなく、龍神は万能ではないということだ。

　これから神とやり取りをしていくに当たって、その能力については一つでも多く知っておかなければならない。口にしたことがすべて真実とは限らないが、一言一句漏らさずに聞き取り、情報としてすべて蓄積しておこうと思った。

「私が竜花と交わした契状は、私が憑坐の体に降りている間に隠された。常盤は疎か神である私ですら契状がどこにあるのか未だにわからない。知ったところで私自身が触れたり破り捨てたりすることは敵わぬ代物だ。それでは契約にならないからな」

常盤も神も知らない契状——破棄するためにはまず、見つける必要があるそれを、蕾は頭の中でイメージする。

竜花は江戸中期の陰間で、十八歳の時に龍神に見初められたと聞いていた。その時代を考えると、和紙に毛筆で書かれた物だろうか。「破り捨てる」という表現をしている以上、木や石に彫った物などではないのだろう。そうなると巻物か何かだろうか。

しばし俯きながらあれこれと考えた蕾は、龍神に訊くという手段に行き着く。

よくよく考えれば、目の前にいる相手は三十歳の男ではなく、生き証人などいるはずのない時代を生きてきた神なのだ。

「契状は、どういう形の物なんですか？」

「紙に書かれ、巻物として封隠窟に保管されているはずだ」

「封隠窟って、聞いたことがあります。経典の中に……あ、そうだ、経典の中に『我らが始祖は約束の書を封隠窟に収め、お守りあそばした』という一節があります」

「私も知っているが、守るというより隠したという方が正しいな。封隠窟の場所は、歴代教祖から教祖へと口頭で伝えられるもので、封隠窟の扉を開けるためには教祖だけが持つ鍵が必要だと言われている。だから常盤は教祖の座に就いたのだ」

「教祖にならないと、封隠窟の場所がわからないし、鍵も手に入れられないから……」

「私は常盤が教祖になることを望み、運気を上げたが、なった途端にあれは迷い始めた。私に対する酷い裏切りだとは思わぬか？」

「――っ、それは……」

眉を顰める龍神の顔を至近距離で見据えた薔は、どちらの言い分もわかる気がした。

確かに龍神からすれば裏切りに等しいのだろうが、薔を含めたすべての神子を解放して贔屓生の制度も変えようとしていた常盤が、今になって迷った気持ちは痛いほどわかる。

龍神と縁を切るということは、託宣が得られないだけではなく、神の力に頼って運気を上げられなくなるということだ。

常盤は自身の運の低下に関しては予め覚悟していたはずだが、薔の兄である榊のために心揺れたに違いない。榊が重い病を抱えていることを常盤が知ったのはつい最近で、その後すぐに常盤は榊と手を組んで選挙戦を勝ち抜いた。

運気が下がれば命が危ぶまれる榊を無視して、龍神と縁を切るわけにはいかない――と常盤は悩み、「次に会った時、お前に相談したいことがある」と薔に言ったのだ。

常盤はおそらく、榊が生きている間は龍神との関係を維持し、神子や贔屓生に関しては教団や学園の改革によって折り合いをつけられないかと考え、初志貫徹するか否かを悩んでいたのだろう。

改革を公約に掲げて教祖に就任したのだから、常盤は大改革を成し遂げられる。

神子の役割を公表したうえで贔屓生を志願制にするなど、不本意に苦しむ童子が出ない形を取り、儀式の回数を神子の延命に最低限必要な回数に減らせば、ある程度バランスは取れるのだ。極端な話、「神子を抱いていいのは神子に選ばれた男のみ」というルールに変えることができたら、傷つく者はほとんどいなくなる。

あくまでも、「御神託を得るための儀式を行わず、教団が弱体化しても構わない。無能な教祖と蔑まれ、名を貶めてもいい」という覚悟があって成り立つ話だが、常盤には、そんな覚悟は疾うにできていたのだ。

「常盤は、龍神様が契状破棄を強く望んでるってこと、知らなかったんじゃないですか？契状破棄を望んでいた自分が教祖になったことで、それは神意に沿う考えだと判断してただろうけど、決意を変えたら体を乗っ取られるとまでは、思ってなかったんじゃ……」

龍神は薔の疑問に「そうだろうな」とさらりと答え、当然のように肯定した。

教祖なら忖度して然るべきだと言われたらそれまでだが、龍神と直接やり取りできない常盤に、そこまで求めるのは無理のある話だ。

常盤は、教祖選の公約に関しては何も破っていない。口にしたことは実行していたにもかかわらず、龍神に裏切り者呼ばわりされて体を乗っ取られたことになる。

これではあまりに常盤が不憫だ。

——すぐに契状を破棄するのはやめようって……九分九厘決めていたとしても、最後の一押しを常盤は必要としていて、俺が背中を押したことで完全に決まったんだ。地下鉄に乗りながら心を決めて……それにより、乗っ取られてしまった。

今にも涙が溢れそうで、こらえるために顔の神経を総動員する。顔だけでは収まらず、頸動脈が張るような感覚や手足の力みもあったが、あちこちに力を籠めてこらえた。

泣いて常盤を取り戻せるなら、いくらだって泣ける。

しかし龍神の前で常盤のために泣いても、事態は好転しないだろう。

すでに起きてしまったことを嘆くよりも、前へ進む道を探すのが先決だ。

泣くのは、常盤が戻ってきた時の感涙まで取っておきたい。

「あの……契状の隠し場所って、口頭で伝えられるんですよね？」

「ああ、教祖から教祖へと伝えられる。決して紙に書き残してはいけないのだ。私が力を使えば、文字が見えてしまうからな」

龍神の答えを慎重に聞いた薔は、つまり龍神は人間の脳内を覗けるわけではないことを知る。地下鉄での常盤の決意についても、龍神は心を読んだわけではなく、常盤の様子を見て「約束を違えた」と見做したのだろう。

「龍神様は前教祖の体に何度も憑依してるのに、隠し場所がわからないんですか?」

「わからぬ。神子が自身に深く係わる託宣を見られないのと同じように、私も自身を縛る契状に関することは何も見ることができないからな。それはどの神も同じなのだ。自身に関するすべてが見えてしまうと、生はたちまち虚無になる」

「たちまち、虚無に……」

薔は龍神が先程言っていた「万能ではない」という言葉と照らし合わせながら、初めて見た御神託が、不明瞭な自分の姿だったことを思い返す。

神子として得ていたものが、神の力に準じているのは概ね理解できた。

万能ではないからこそ、常盤を必要としていたのもわかる。「教祖になり封隠窟の場所を知った常盤が、契状を破棄する」というプロセスを、龍神は期待していたのだ。

「あの……一つ気になるんですが、前教祖は急死したから、口頭で伝えられなかったんじゃないですか? どのみち常盤は封隠窟の場所を知ることができませんよね?」

教祖が急死した場合の手段はあるのかないのか、気になりつつ問いかけた薔に、龍神は「もちろん手はある」と即答する。

訊かれる内容が予めわかっていたような顔をしていたが、それはただ察していただけのようだった。やはり心を読んでいるわけではないらしい。

「そういった場合に備え、教祖は必ず、信頼できる身近な人間一人にのみ封隠窟の場所を伝えておく義務があるのだ。だが、誰が秘密を握っているのかは、伝えられた本人以外はわからない。私が他の誰かの体に降りている最中に伝聞されているため、そのやり取りについて私が把握することは不可能だ。相手が誰なのかも、未だに判明していない」

「前教祖が信頼していた人間、一人だけ」

薔が真っ先に思い浮かべたのは、教祖の嫡男の榊と、次男の楓雅(ふうが)だった。

薔が知っている前教祖の情報は少ないため、実際には娘や弟妹という可能性もあるが、いずれにしても南条(なんじょう)一族の誰かだろう。

「前教祖が秘密を託した相手は南条一族の人間に間違いないはずだが、常盤は『契状の封隠窟について知る者は名乗り出るように』と、南条一族の者達に働きかけはしなかった。本当に私との縁を切ってよいかどうか、迷っていたからだ」

それもまた、神にとっては裏切りの一つだったのだろうか。

教祖になったらすぐさま封隠窟の情報を得ようと、常盤は思っていたはずだ。

しかし知った途端に悲願を達成して、その結果、榊を死なせることを常盤は恐れた。

常盤自身の同情もあるのだろうが、やはり最も大きいのは、榊が薔の実の兄だからだ。

そしておそらく、剣蘭にとっても慕わしい兄だからだ。

「常盤が契状の破棄を躊躇(ためら)ったのは、榊のためだ。それはお前も知っているな？」

「はい、電車の中で聞きました。契状とかのことは知らなかったし、はっきりと榊さんの名前を出してたわけじゃないですが、間違いないと思います」

　薔の言葉に軽く頷いた龍神は、おもむろに溜め息をつく。頭の痛い問題だと言いたげに額を押さえ、「お前の影響で常盤は随分と情に脆くなってしまった」と呟いた。

「俺の影響、なんですか？」

「それ以外に何があると言うのだ。以前は目的に対して真っ直ぐで、もっと冷淡だったというのに。今では榊のため……ついでに楓雅のためと、善良な者達の行く末を憂えて心を配らずにはいられないようだ。ならば邪魔になる南条兄弟の息の根を止めればよい話で、さすれば常盤も未練なく契状を破棄できたのだろうが、面倒なことにあの二人は前教祖の息子だ。私の言いたいことがわかるか？」

「は、はい……もちろん、わかります」

　榊と楓雅が殺される可能性があったのかと思うと血の気が引く薔だったが、龍神が言いたいことは手に取るようにわかる。

「封隠窟の情報を前教祖から託されているのは、榊さんか楓雅さんかもしれないから……二人に手出しはできないってことですね？」

「その通りだ。楠宮のことだから、一人にしか教えてはならぬという禁を破っているとも考えられる。かつては溺愛していたが、いつ死ぬかわからない病を抱えたために途中で愛想を尽かした嫡男と、晩年に溺愛していた次男。榊と楓雅のどちらかもしくは両方が、封隠窟の場所を知っている可能性があるのだ。迂闊に死なせるわけにはいかない」

「そんなの当たり前ですっ、何があろうと榊さんや楓雅さんの命を奪わないでください。善良な人達だってこと、龍神様はご存じのはずです」

語気を強めた薔は、榊と楓雅を守らなければと思うのと同時に、封隠窟の契状に光明を見いだしていた。それさえ手に入れれば一歩進める気がして、鼓動の高まりを感じる。

「薔、善良な者を殺めたくないのは常盤の考えであって、私の考えではないぞ。あの兄弟がどれほど善人であろうと、私の邪魔になるなら始末する。役に立つなら素性がどうあれ生かしておく。ただそれだけだ」

龍神は再び笑みを取り戻し、くすりと笑った。

その言葉をまともに受け取れば恐ろしいが、常盤の姿をしているせいか、或いは実際に手を下した相手が善人とは対極にある紅子と蘇芳だったせいか――薔には、龍神の微笑がどことなく偽悪的に映る。

いくら恣意的な神とはいえ、そう簡単に罪なき者の命を奪うとは思えなかった。

この神と会話ができるようになってからわずかな時間しか経っていないが、それでも「人柄」のようなものは多少わかった気がする。

「教祖が……亡くなった前教祖が、封隠窟の場所を伝えた相手は、榊さんと楓雅さんだと思います。もしかしたら、地図を半分に分けるみたいに情報を分けて、半分を榊さんに、残り半分を楓雅さんに伝えたってこともあるかもしれません。だから二人には絶対に手を出さないでください。お願いします」

「ほう、それはそれは……ないとは思うが面白い考えだな。お前があの二人を守りたくて仕方がない気持ちは伝わってきたぞ」

「当然です、尊敬できる人達ですから」

「実の兄ですから、とは言わないのか」

「そういうのは、特に関係ありません」

龍神に体を乗っ取られた常盤が、その体の奥底で息を潜めている可能性を考えた薔は、あえて「実の兄」という表現を使わなかった。

それでも本当は少し思っている。

この神は「お前のために、この先もお前に害を為しそうな者達を始末しておいた」と、そう言って紅子と蘇芳を殺したことを正当化していたのだから、逆に言えば、薔にとって大切な人は殺さないはずだ。常盤への遠慮がなければ、「二人は俺の実の兄で、凄く大切な人達ですから絶対に死なせないでください」と言いたいくらいだった。

「龍神様……もしも、常盤に代わって誰かが封隠窟の場所を突き止めて、契状を破棄することができたら、貴方は自由になれるんですか？　八十一鱗教団と縁を切って、どこか、行きたい所に行けたりするんですか？」

その体から出ていってくれるんですか——とは訊けない薔の想いを知ってか知らずか、龍神は「如何にも」と答えた。

　胸元も露な恰好で赤い布団に座したまま、上を向く。

　その視線の先にあるのは美麗な天井画だが、紫の瞳が示しているのは天井を突き抜けた先にある、空の向こうに思えた。

「空に、行きたいんですか？」

「いや、空ならばいつでも行ける。お前がこれまで見てきた私の本地は、人間が知る空の一部を駆けていたに過ぎない。そこは私の本来の棲み処ではないのだ」

「空は空でも、御自宅は別にあるってことですか？」

「そう、私は元々天神界の霊物だ。そちらの世界に於いてはいわゆる変わり者なのかもしれないが……私は人間の美童を好み、しばし戯れるつもりでこちらに降りてきたのだ。人間の感覚で言うならば、天下の大将軍が下町にお忍びでやって来るようなものだな」

「よく……わかりませんけど、天神界というのは経典に出てきました。『神がお生まれになった世界』という位置づけで、ほんの少しだけですが」

　無難に応じた薔は、今はとにかく龍神に本心を喋らせるのが先決だと考えていた。

　相手が神で、悪者を退治するといった形は取れない以上、自ら去りたくなるよう神意を揺さぶるしかない。そのために必要なのは、一つでも多くの情報を得ることだ。

「天神界に帰れなくなってしまったのは、竜花様と契約を結んだから、なんですよね？」

「そう、思い返せば忌々(いまいま)しいが、下界でしばし遊んでいたところ、竜花の甘言に釣られて捕まったようなものなのだ。自由になったら、竜花が作った約定に縛られることなく天に帰れる」

口で言うほど悔しそうな顔はしていないものの、「天に帰れる」という一言に蕾は食らいつく。

ぱっと笑顔になりそうなのをこらえて、「やはり帰りたいですよね、生まれ故郷に」と、なるべく興奮を抑えながら、同情的なニュアンスを意識して問いかけた。

「確かに、いつかは帰らねばならない。帰りたいという気持ちは当然ある。ただし、私が天神界に帰るのは人として飽きるほど生き、この体が死んだ時だ」

「――常盤の体が……死んだ時、ですか？」

「心配せずとも、そう簡単には死なない。私が入っている以上、この体は損傷することがないのだから。仮に何かあったところで著しい欠損でなければすぐ治せる。私は人として地に足をつけて、この世界を存分に愉しみたいのだ。そのために必要なものを、この男はすべて持っている」

「……はい」

いつまでも常盤の体に居座られては困る。もたもたしている間に、常盤の魂はどこかに行ってしまうかもしれない。その体の奥底に意識が押し込められているなら、出られないまま潰されてしまうのではないだろうか。今すでに苦しんでいる可能性もある。

不安が募る一方で、神を急かして不興を買うのは危険だとわかっていた。

人との心の交流や恋愛に興味を持つことでおとなしくしてくれている今は最善の状態で、下手をすれば剣蘭の説得が水の泡になってしまう。

「薔、明日は私が人間として迎える初めての朝だ。実に楽しみだな」

「朝……あ、そう言えば龍神様は、日中は降りられませんよね？」

龍神は頷きつつ横になり、布団をぽんぽんと軽く叩く。

促されて仕方なく寝た薔に向かって、うっとりとした表情を見せた。

どうやら朝を迎えることに喜びを感じているらしく、明日の予定が楽しみで寝つけない子供のような、常盤らしからぬ目をする。

「お前が何度も見てきた本地の私は、太陽の光が得意ではないのだ。あれは眩し過ぎて、どうもいただけない。故に日が昇る前には去っていたが、人間の体を乗っ取ってしまえば問題ないのだ。日の光を、常盤同様に心地好いものとして感じられるはず」

仰向けに寝た薔の胸を布団と同じように叩いた龍神は、「夜明けが楽しみだ」と笑う。

性的な手つきではないことに安堵する薔だったが、龍神の一言に心が曇った。

この状態が明日まで続くのは、ほぼ確実なのだろう。そしていつ終わるかわからない。

常盤は必ず戻ってくると信じる一方で、龍神が常盤の体から出ていく瞬間を想像すると恐ろしくもあった。

突然意識を失い、倒れたりしないだろうか。瞬時に入れ替わるように常盤の意識が戻ればよいが、そうならなかった場合、常盤の体はどうなるのだろう。

——龍神が抜けたら、そのまま倒れて目を覚まさないとか……。

或いはもっと悪く、そこに残るのは死体と呼ばれる物だったりしないかと、悪い想像を巡らせてしまう自分が嫌になる。布団の上に寝ているだけなのに、胸が勝手に上下した。たまらなく苦しくなり、ごくりと喉を鳴らしてしまう。今にも息が切れそうだった。

「どうした薔、何をそんなに恐れている」

「——ゃ、いえ」

いっそ訊いてしまおうか、なんでも訊いて一つでも多くの情報を集めるべき時だ。怖がらずに、「もし万が一龍神様が憑依をやめた場合、常盤の体はどうなりますか？」と訊いておいて、その時に備えておいた方がいい。心構えという意味でも、最悪の答えを出された場合に回避策を考えるためにも、訊いておくべきだ。

「私が天に帰った場合、この体がどうなるか気になって眠れそうにない、という顔だな。口に出さなくてもわかる」

「……っ、それは……気になって当然のことです」

「お前は結局、私を追いだして常盤を取り戻したいのだろう？」

「戻ってきてほしいと願うのは、それはもう当たり前のことで……けど、追いだしたいというか、そうじゃなくて……ただ俺は、ご存じの通り常盤と……色々約束しているので、いきなりこんなことになったら、すぐ切り替えられないいんです。人間って、そういうものなんです。常盤のことが心配なんです」

お願いだから出ていってくださいと言う代わりに、少しの嘘と本音を混ぜ合わせる。言葉を選び、その配分にも気を遣わなければならなかった。

常盤に対する想いを執拗に語るわけにはいかないが、どうかわかってほしかった。

これまでの事情をすべて知っているなら、言うまでもないはずだ。常盤の魂について「消滅した」と言ったのは悪戯心からついた嘘で、「この体の奥で静かに眠っている」と、そう言ってほしい。

もしも言ってくれるなら、少しは待てる。

人間として生きることを愉しみたいという龍神に、精いっぱい付き合い、尽くすから、本来は耐えられないようなことも耐えてみせるから——だからどうか、「常盤は眠っているだけだ」と、「大丈夫、無事だ」と、信頼できる神の言葉を与えてほしい。

「薔、私がこの体から出ていくということは、これが魂のない空の器になるということ。医学的には脳死という状態か、或いは心の臓も止まって完全に死ぬか……そのどちらかになるであろう。お前はつらいだろうが、情に絆されて私を裏切った常盤が悪いのだ。一度消えた魂は、もう二度と元には戻らない。来世まで何百年かかるかわからないが、やがて生まれ変わり再び会えるその時を、待つしかないのだ」

薔の耳が期待していた言葉は、待てども待てども来なかった。

代わりに送り込まれた言葉は到底受け入れられるものではなく、頭の奥まで届くこともない。

衝撃に打ちひしがれるより先に、強く強く拒絶した。

無敵の鎧を纏うように、信じたくない言葉を弾き返す。

――嘘だ……俺は、絶対に諦めない。常盤は必ず蘇る！

薔は一つ、自分の中で悟りを開く。

希望となる光を他者や神から得られなくても、己が希望を捨てなければ光は消えないということを知る。どれほど絶望的な言葉を聞かされようと、信じさえしなければ心が抉られることはない。

信じるべきものは、自分が信じたいことだけでいいのだ。

そうすれば嘆き悲しむことはないのだと、消えない光の中で確信した。

3

常盤と降龍殿で過ごす夜は、甘い疲労感から睡魔に襲われ、いつしか眠ってしまうことが多かった。一緒にいられる時間は限られていて、なんて勿体ないことをしたんだろうと悔やむのに、次もまた同じ結果になる。普段から規則正しい生活をしているせいもあると思っていたが、それは大した問題じゃなかったんだなと、薔は今になって知った。

わずかながら空が白み始めているのに、眠気など少しも来ない。

隣で静かな寝息を立てている龍神は、見た目だけなら常盤に違いなかったが、こうして無防備に寝ていること自体が、本物との違いを物語っていた。

——なんの不安もなく穏やかで、入院してた時とは違って、一点の曇りもなく綺麗で、健康的で……本物だったらあり得ないくらい普通に、すやすや寝てる。

恐れるものなど何もない神だからこそ、呑気に寝ていられるのだ。

一方で、寝る間を惜しんで一晩中見守りたいほど大切にしているものが、神にはない。

——本物は、余程のことがない限り俺を放置してこんなふうに寝ないもんな。寝返りを打ったり、髪の分け目が変わったり、布団から足を出したり引っ込めたり、見たことない姿が見られて新鮮だけど、やっぱり本物じゃない。

眠ってしまった自分が目覚めた時に、こちらを見ている常盤の微笑(ほほえ)みが浮かんできて、何度も目が潤みそうになった。

消滅したと言われても信じていないから、それに関しては泣かないでいられるけれど、記憶に刻み込んだ常盤の姿を一つ一つ思い返すと、そのすべてに涙腺(るいせん)を刺激される。

会いたいと強く願うと、偶然会えることがよくあった。

その幸運を与えてくれた龍神に、常盤の体を乗っ取られるなんて思いもしなかったが、今ここにある現実は受け入れなければならない。

夜が明けて彼が目を覚ましたら、瞼(まぶた)の下から現れるのは紫の瞳(ひとみ)だ。

常盤の魂が戻っていて、とりあえず日中だけでも意識が切り替わるなら救いもあるが、昨夜の龍神の発言からしてそれはないとわかっていた。

自分にとって都合のよい展開を夢見ずにはいられないけれど、朝、龍神と目を合わせた瞬間に酷(ひど)く落胆するわけにはいかない。

それは賢いやり方ではなく、諦(あきら)めて割りきるのも大事だとわかっていた。

——今すぐには無理だってこと、それは受け入れる。でも、俺が求めてる「その時」は必ずやって来る。俺が動いて、一日でも早くなるよう引き寄せたい。

薔は龍神の寝顔を見ながら感傷にばかり浸っていたわけではなく、夜が明けたら何をすべきか考え、すでに手順を決めていた。

封隠窟の場所を知っている可能性が高い楓雅と連絡を取り、この状況を説明して協力を仰ぐのが最優先だ。そのためにはまず、龍神に気づかれないよう木蓮と接触し、できれば楓雅と直接話す機会を得たい。

──龍神様が寝る前は考えつかなかったけど、俺が学園の外に出される可能性もあるんだよな。その場合、今より楓雅さんに接触しやすくなるのか、逆に自由がなくなるのか？　常盤と違って龍神様は俺を教団の神子にしたって構わないだろうし、急に教団本部に行くことになるかもしれない。嫌だけど、そんなこと言ってられる状況じゃない。

封隠窟の場所を突き止めて契状さえ破棄すれば、確実に一歩前進できる。

天神界に帰りたくても帰れなかった龍神が、いつでも帰れる状態になるのだから、一歩どころでは済まない前進と言えるだろう。そこまで進めばあとはもう、気が変わってくれるのをじっと待つか、帰りたくなるよう促すのみだ。

「……？」

学園に留まったままの場合と、教団の神子になった場合、その両方を考えていた薔は、不意に妙な物音を耳にする。反射的に障子を見ると、外に何かいる気がした。

──なんだ？　影が見えるような……あ、動いた。まだ暗いのに、鳥か？

空の色は、真っ暗ではなくなった、という程度だ。鳥が活動するには早い気がしたが、五重塔の形をした降龍殿の五階に鳥以外の生き物が登ってくるとは考えにくい。

――まさか鼠とか、じゃないよな？　あ、蝙蝠とか？

また何やら音がした。家鳴りに近い音だ。それでいて室内ではなく、外から聞こえる。ほどほど高い位置にある障子の向こうには、大人一人がどうにか通れるくらいの小窓があるはずだ。どうやらその向こうに小さな生き物がいるらしい。

――蝙蝠かもしれない、それっぽい形だった気がする。

訝しんだ薔が立ち上がり、そっと障子を開けると、そこには想像もしていなかった生き物が――飛翔する蝙蝠のような、大きな手があった。

「け……」と声を漏らした薔は、慌てて息を殺す。

そのあとさらに、上下の唇を強く結びつけた。

そうでもしないと大声を出してしまいそうなくらい驚いて、慌てて後ろを振り返る。

龍神は目を覚ましてはおらず、深い眠りについている様子だった。

――剣蘭！　何やってるんだ！

喉の奥に声を閉じ込め、薔は急いで施錠を解く。音を立ててしまい、再び龍神の寝顔を確認する破目になった。今度も問題なかったので、慎重に、そうっと窓を開ける。

「剣蘭、そんなとこで何やってるんだ」

これ以上は無理というほど声量を絞ると、五階の屋根に這い蹲っている剣蘭が、右手を振りつつ「気づいてもらえてよかった」と笑う。

その掌や指は真っ黒で、屋根の汚れをそのまま全部拭い取ったかのようだった。

顔も汚れているせいか、白い歯と白眼が眩しいばかりに見える。

「薔、大丈夫か？　あのあと手を出されたりしてないか？　龍神様は眠ってるのか？」と立て続けに訊いてくる剣蘭の声は、もちろん限界まで控えたものだ。

吐く息は白く、緋襦袢姿では酷く寒そうに見える。

「大丈夫だ、お前のおかげで何もなかったし……龍神様はぐっすり眠ってる。そんなことより、外から来るなんて信じられない。どれだけ危険かわかってるのか？」

薔は無意識に手を伸ばし、剣蘭の手を摑もうとした。

しかしあと少し届かず、身を乗りだしても掌一つ分ばかり足りない。

「剣蘭、もっとこっちへ……せめて窓枠をしっかり摑んでくれ」

「そうするから手を引いてくれ。あ、引っ張るではなく引っ込めろという意味だからな。俺に触ると汚れが移る」

「そんなこと」

「大事なことだろ、龍神様に気づかれたらまずい」

そんなの、お前の命より大事なことじゃないだろ——できることならそう叫びたかった薔は、言葉を呑んで言われた通りに手を引いた。

剣蘭の身体能力の高さは知っているが、問答している間に何かあったらと思うと生きた心地がしない。蘇芳が火災を起こし、この窓から剣蘭と二人で脱出した時のことを、思いださずにはいられなかった。

あの時は蘇芳が火達磨になった衝撃や、そんな状態の彼を蹴り飛ばして逃げた罪悪感、報復された恐怖が強過ぎたが、怖かったのはそれだけではない。窓から屋根の上に出て、地面に向かって落下した時のことを思い返すと、身の毛が弥立ちそうだった。

降龍殿の屋根は、本来の差しかけ屋根に装飾用の裳階を重ねた物で、転げ落ちる人間を食い止める物は何もない。そして今は、下で受け止めてくれる常盤や楓雅もいない。

「四階の窓からここまで来たんだよな？」

窓枠をがしりと摑んだ剣蘭は、「鍵を捨てられたからな」と、真顔で答える。

「そんな無茶して、もし落ちたら終わりなんだぞ、怪我で済む高さじゃない。だいたい、お前は神子じゃないんだし……万が一のことがあったらどうするんだ」

本来なら声を荒らげて言いたいことを、無理やり小声にして話すのはもどかしかった。

数秒ごとに龍神の様子を窺わなくてはならない状況も、何もかもが蓄の胸を騒がせる。

「窓辺の逢瀬なんてロマンチックだな。まさか五重塔もどきでやるとは思わなかった」

「冗談言っている場合じゃないだろ、このあとどうするんだよ。部屋に上がって龍神様を怒らせたら大変なことになるし、けど屋根から戻るのは危ないし。いや、やっぱり入れ、とりあえず静かに入って扉から出るんだ」

四の五の言わずに剣蘭を部屋に上げると決めた薔だったが、「平気だ」と拒まれる。

万が一に備えたい薔の手は行き場をなくし、彼の目の前で無為に踊った。

「薔、このままでいいから聞いてくれ。まず確認しておきたいことがある。朝になったらどうするか、龍神様と具体的な話をしたか？」

「いや、そういうことは、まだ何も」

「そうか、お前が今年度二人目の神子として公表される気がして、それで無理やり会いにきたんだ。もしそうなったら教団本部に連れていかれる。そしたらもう会えないだろ？」

「剣蘭……」

緋襦袢も汚れて着崩れ、酷い恰好の剣蘭は、いつも以上に真剣な目をしていた。

龍神の様子を窺いたくても、剣蘭と繋いだ視線を逸らせなくなる。

教団の神子にされる可能性を自分でも考えていた薔は、剣蘭に言われて現実味を増した未来に気を呑まれた。このまま学園に残れば、木蓮を経由して楓雅に頼るしかない無力な身だが、神子になって教団本部に行けば、自分の力でできることがあるかもしれない。

そこに希望を見いだす一方で、学園の外の自分を想像できない拙さに気づかされた。

教団本部に行ったことも、神子の振りをしたこともあるのに、それでもまだイメージが湧いてこない。

常盤が生きるか死ぬかの現状に於いて、自分の身分や生活がどうなろうとそんなことは些末（さまつ）な話だと思っている。それでいて、誰かの振りではなく自分として教団の神子になることに、思っていた以上に抵抗を感じていた。

「俺が、教団の神子に……その可能性を、考えなかったわけじゃないけど」

「龍神様がお前を欲してるなら、そうするのが一番だろ。常盤様の振りをしている以上、教祖という立場を簡単には捨てないはずだし、そうなるといつまでも学園にいるわけにはいかない。お前を神子にして、公然と連れだすんじゃないかと思った」

「龍神様は何も言わなかったけど、その通りかもしれない」

「薔……朝になってお前が神子になったと公表されたら、これまでのようにはいかない。このまま会えなくなったらと思うと、とてもじっとしていられなくて」

だから命懸けで屋根を伝い、ここまで来たんだ——と訴えるような剣蘭の瞳は、友情や使命感では片づけられない情熱を孕（はら）んでいた。

ただの友人に、ここまでできるだろうか。常盤に託されたからといって、使命を果たすためにここまで、できるものなのだろうか。自分と剣蘭の立場を入れ替えて自問すると、「俺も同じことをやるかもしれない」と答えが返ってくるけれど、それにしても、剣蘭の目はどこか危うい。あまり深入りしてはいけないような、熱っぽい情念を感じた。

「薔、少しだけ、触らせてくれ」

常盤以外からは向けられたくないものが、剣蘭の中にある気がして、胸の内では一歩も

二歩も引き始めた薔の手を、剣蘭は片方の手で触れる。
氷のように冷たい指先だった。体も相当冷えているに違いない。
「剣蘭……そこ、寒いだろ？　やっぱり中に」
なるべく汚さないようにと気遣う手指が、薔の手の甲を包み込む。軽く触れるだけと、
最初はそう決めていたような手に力が籠もるまで、時間はかからなかった。
「薔、常盤様は生きてる。お前を残して消えるわけがないから、大丈夫だ。体を取り戻す
手段はきっとある」
常盤によく似た顔で、剣蘭は一番欲しい言葉をくれる。
誰かに言われなくても信じているけれど、断言されてこんなに嬉しい言葉はなかった。
「ああ、俺もそう信じてる」
「それを聞いて安心した。お前が凹んでるんじゃないかと思うと、居ても立ってもいられ
なくて」
「ありがとう、お前だってつらいのに」
「俺のことは大丈夫。ただ心配なのは、この先、お前の力になれるかどうかだ。薔、教団
本部に行くことになって離れ離れになっても、俺の存在を絶対に忘れないでくれ。どんな
ことでも協力するから、俺を学園の外に出してほしい」
それが言いたかったと言わんばかりの顔をする剣蘭に、薔は相槌一つ返せなかった。

神子になったからといって、竜生童子を学園から出せるわけがない。

教祖になった常盤が、今も常盤のままだったならいざ知らず、中身が龍神では、剣蘭を外に出してくれる道理がないのだ。

「神子にはランクがあるって聞いたことがある。お前は南条本家出身の神子として、最高位の神子に君臨して権力を握るはずだ。そうなったら俺を学園から出してくれ。常盤様の体を取り戻すために、俺も力になりたい」

剣蘭の口調は、小声で話しながらも強くなっていく。

剣蘭に言われて初めて、薔は公式に神子になった場合の自分の地位に思い至った。

教祖の愛妾と、御三家本家出身の神子と、実質的にどちらが上かは別として、公には後者が神子の頂点に立つ。薔が龍神に可愛がられて教祖の愛妾というポジションにつけば、二重の意味で高い地位を得られる。教団内で二番目の権力者になれるということだ。

——そういうのは、嫌だと思ってた……常盤が常盤だった時は、確かにそう思ってた。けど今は、自分の主義主張なんてどうだっていい。権力を握ることで常盤奪還に近づけるなら、俺はそれを求めるし、喜んで教団本部に行く。

神子として権力を握ったところで、教団のトップが教祖であることに変わりはない。

ましてや教祖の体に神が降りている今、神子にどれほどの力があるのかわからないが、少なくとも学園に残って贔屓生のままでいるよりは優位だろう。

「教団の神子になったからといって、俺にどれだけのことができるかわからないけど、やってみる」

「ああ、お呼びがかかるのを待ってるだけなんて悔しいけど、お前を信じて待ってるから必ず呼んでくれ。俺が行くまで、お前はまず自分の身を守ることに専念しろよ。常盤様の体を取り戻すことより、頭と色気を全部使って言葉を駆使して、自分の身を守るんだ」

「剣蘭……ありがとう。あと、その、悪かったな……神子だってこと、ずっと隠してて」

「そんなの気にしなくていい、隠して当然だ。お前が選ばれなくて誰が選ばれるんだって話だし。お前は、見た目も中身も可愛くて、誰よりも輝いていて綺麗だ。とにかく物凄く可愛いから、龍神様も常盤様もお前が好きで仕方ないんだ。そんなこと当たり前過ぎて、いまさら全然驚かない」

ぎゅっと手を握りながら見つめられ、「自信を持って、相手の心を上手く利用しろ」と言われる。もしかしたら剣蘭も、俺をそういう意味で好きなんじゃないかと、勘違いしそうになる目つきと手つきに戸惑った。

そんなのは自意識過剰だと、否定しているようでは甘いのかもしれない。

俺は愛されて然るべきとまでは思えなくても、そういうこともあるかもしれないと思うくらいの自信を持たなければ、神と渡り合うことなどできない気がした。

「――っ、薔……後ろ」

剣蘭が事情をすべて知ったうえで味方になってくれたことに心から感謝していた薔は、はっと我に返る。龍神の寝顔を確認する頻度はいつしか減っていて、言われた時にはもう遅かった。赤い布団から上体だけを起こした龍神が、紫の目を光らせている。

「龍神様！」

龍神の手前、剣蘭の手を慌てて離しかけた薔は、次の瞬間まったく逆のことをした。離すのではなく、両手を使って剣蘭の手をしっかりと摑む。

「龍神様っ、これは友人として、別れの挨拶（あいさつ）をしていただけです！」

「別れの挨拶だと？」

「そうです！　さっき俺が神子だってことを知った剣蘭は、もしかしたら今夜が最後で、しばらく会えなくなるかもしれないと思って、それで……色々大変だけど頑張れよって、言いにきてくれただけなんです！」

龍神の目は人間離れした光を放っており、悪い予感しかしなかった。剣蘭に何かされたらと思うと全身の血が凍りそうで、とても手を離せない。とにかく先手を打つしかないと思い、「お願いです、人間同士の友情に理解を示してください。剣蘭に何もしないでください！」と懇願した薔は、剣蘭の手を握り締めたまま紫の目を見据える。

しかし視線は合わず、はだけた着物姿の彼は、無表情で剣蘭を見ていた。ぎらりと光る禍々（まがまが）しい紫の目を除けば、常盤以外の何者でもなく見える姿で、剣蘭に殺気を向ける。

「別れの挨拶を終えたなら、永久（とわ）の別れになっても悔いはあるまい」

「龍神様、やめてください！」

「お前は黙っていろ。剣蘭、私は忠告したはずだ」

布団の上に座したまま、龍神は右手を浮かせる。

薔が「龍神様！」と声を上げた瞬間、剣蘭の体がびくんと弾（はじ）けた。

握っていた手から伝わる衝撃は、さながら雷に打たれたかのようで、薔は畳の上に弾き飛ばされる。

「グ、ゥ……アァ！」

「剣蘭！」

小窓の向こうで呻（うめ）いた剣蘭は、胸を掻（か）き毟（むし）らんばかりに押さえていた。

鎖骨から鳩尾（みぞおち）にかける胸一帯に、紫色の細い稲妻が走っている。

龍神が常盤の古傷を治した時と同じように、静電気に似た音がした。しかし似て非なるもので、今聞こえる音はより攻撃的で大きく、バリバリと鳴りながら剣蘭を苦しめる。

「ウゥ……グ、ァ！」

「剣蘭！　龍神様、やめてください！　お願いです！」

帯電する胸の奥にあるのは、剣蘭の命を支える心臓だ。

紅子（べにこ）や蘇芳に次いで剣蘭の心臓まで止められたらと思うと、薔の心臓もまた、まともに機能しなくなる。鋭い爪の生えた巨大な手で鷲摑みにされて、トマトの如くぶしゃりと潰されるようだった。

「龍神様……っ、貴方が常盤として生きるなら、西王子家を任せられる剣蘭の存在は必要不可欠です！」

剣蘭に同調して痛みを感じながらも、薔は頭と体を奮い立たせる。

立ち上がるなりすぐに、剣蘭の衿を引っ摑んだ。

剣蘭は片手で胸を押さえながらも、窓枠を離してはいない。

指や爪が真っ白に見えるほど力を籠めた手で、落下するのを必死に防いでいた。

彼が今以上に悶え、もしも手を離しても落ちないよう、薔は衿に続いて肘まで摑む。

「ウ、ァ……ゥ――ッ！」

「龍神様っ、お願いです！　やめてください！」

「薔……西王子家の跡取りなど私にはどうでもよいのだ。それに、常盤の子ではないが、戸籍上は第一子となる予定の子がいる。代理母の腹の子は男児だ」

激痛に身悶える剣蘭を余所に、龍神は淡々と語る。苦しむ剣蘭を気にも留めない常盤の姿は、中身が違うとわかっていても見るに堪えないものだった。

「春になれば西王子家は新たな跡取りを迎える。つまり剣蘭は不要ということ。薔、その手を離せ」

「嫌です、離しません！　春に生まれてくる子供が極道の跡取りになるには、少なくとも十八年とか、それくらいの年月が必要です！　常盤として生きたいなら、すぐにでも跡を継げる剣蘭がいた方がいい！　そうすれば、西王子家のことに気を取られなくて済むし、教祖として好き勝手やってられます！　剣蘭は必ず役に立ちます！」

最早なりふり構っていられず、薔は剣蘭の必要性を繰り返し訴える。

自分の言葉が龍神に届き、剣蘭の胸に帯電する紫の光が消えるのを期待した。

単純なところがありそうな龍神が、「それもそうだな」と言って力を抜いてくれるのを、ひたすら願うしかない。

「常盤には叔父も従兄弟もいる。剣蘭以外にも西王子家を継げる人間はいるのだ。直系の子が育つまで誰かが継げば済む話だな。いっそのこと虎咆会も西王子家も潰してしまえばよいのだ。私はこの体で何にも束縛されず、お前と自由に生きられればそれでよい」

薔の説得は龍神の心に響かず、耳に届く剣蘭の呻き声は、悲痛なものになっていく。

窓枠をミシミシと軋ませる手に、痙攣が見られた。

──どうしたら……どうすれば剣蘭を！

何をどうしたら得なのか、損なのか。そういった人間的な計算をぶつけても刺さらない神を相手に、有効な言葉が浮かばない。なんでも手に入れることができる神を、罪に問うことも良心に訴えることもできない存在を、止められる言葉などあるのだろうか。

その心を突き刺して、思うままに操る言葉が欲しい。

「龍神様……剣蘭にもしものことがあったら、俺は……俺は一生、絶対に、貴方を好きになりません！　心の交流もできないし、貴方の物にはなりません！」

この身を、この心を、欲しがったのは龍神だ。

そして欲しがられたのは紛れもなく自分。傲慢（ごうまん）であってもいい、自信過剰でもいい。

それを望まれているのなら、そういう自分になってみせる。

「俺が信じてきた貴方は、慈悲の心を持つ、尊い神です」

剣蘭が自力でなんとか窓枠を握っていることを確かめてから、薔は彼の衿と腕を離す。

自分がいつまでも剣蘭のそばにいるから、罰が終わらないのだ。好色で自己愛が強く、愛されたがりの神の心に刺さる言葉も、行動も、全部わかった気がした。

「龍神様……っ」

薔は畳を蹴り、布団を蹴散らし、押し倒す勢いで龍神に縋（すが）りつく。

本当に押し倒すと、黒髪が赤い布団の上に散った。

紫の瞳の異様な輝きが失せることを願いながら、薔は龍神の唇に食らいつく。

顔を斜めにしていきなり深く口づけ、舌まで捻（ね）じ込んだ。

「んぅ……ふ、ぅ」

これで駄目なら、もう打つ手がない。

許しを請うても駄目、剣蘭の必要性を訴えても駄目、愛情を盾にしても駄目なら、他に何が残っているのかわからない。少なくとも今は何も思いつかなくて、熱烈な口づけと、愛撫を捧げるしかなかった。

「く……ん、ぅ」

龍神を常盤だと思い込み、ようやく会えた状況を想い描いた。誰にも触らせたくない、大切な人。決して誰にも譲れない俺だけの恋人だと、そう思えば自然と体が動く。

露な胸を弄りながら、舌を吸い、唇を崩して、心の中で愛執を叫んだ。

おそらくその体の奥で眠っている常盤の魂に向かって、「好きだ」と、「愛している」と伝えるつもりで、容易に言葉にできない想いをキスに籠める。

剣蘭の呻き声は、もう聞こえなかった。

屋根や窓枠の軋みは時々微かに聞こえたけれど、もう苦しんではいない。

常盤に向けた想いが龍神に届き、情けをかけてくれたのだとわかると、より熱い想いを籠めることができた。常盤への愛情、龍神への謝意、自身の安堵――それらを全部籠めて龍神の唇や舌を求め、蕩ける口づけを交わす。

「ふ、は……っ、ぁ」

ゆっくりと顔を引くと、未練の糸が唇を繋ぐ。

行灯の光を弾く蜜が伸びて、途切れた先に、少しばかり紅潮した顔があった。

官能的で艶めいた表情ではあるものの、常盤が薔に見せる顔とは違う。何か新しく面白いものを発見したかのような、きらきらした目をしていた。紫の双眸は人として通じる光り方に戻っているにもかかわらず、別の意味で輝いている。

――たぶん、これでいい……これで大丈夫だ。剣蘭が言ってた、頭と色気を全部使って自分の身を守るって、こういうことだ。今は自分というより剣蘭の身だけど、思い通りに事を運ぶにはこうするしかない。いわゆる、色仕掛けによる籠絡ってやつだ。

薔は自分の下にいるのが常盤だと、半分ばかり自己暗示をかける。

残る半分は冷静に現状を把握していたが、表に出すのは常盤に対する想いだ。

「お願いです、俺の大切な友人に、手を出さないでください」

目を潤ませながら懇願し、覆い被さって縋りつく。

瞼に焼きついた龍神の表情は、常盤にはできないものに思えた。それほどに初々しく、恋の甘さを知って浮き足立つような、一度限りの表情に見えたのだ。油断するのは早いが、上手く籠絡して目的を果たせたと確信できるほど、悦びに彩られた顔だった。

「薔……お前がそこまで言うなら、仕方あるまい」

龍神を押し倒す恰好で縋りついていた薔は、今度こそ期待通りの結果を手に入れる。

一挙手一投足に気を遣わなければならないことを肝に銘じながら身を起こし、意図的ににっこり笑うと、「ありがとうございます」と感謝を示した。

常盤であって常盤ではない顔を見つめて、自分であって自分ではない笑顔を保つ。

小窓の先で這い蹲っている剣蘭は、こんな姿を見て驚いているかもしれない。

けれどもきっと、呆(あき)れたり嫌悪したりせずに、理解してくれると思った。

他ならぬ剣蘭が、龍神と恋の駆け引きをする状況を作りだし、上手く乗り越えるためのヒントを与えてくれたのだから――。

「剣蘭、私の可愛い薔に免じて今夜のことは許してやろう。だが今後は私の許可なく薔に近づくな。私はこれで二度もお前を許した。私に三度目はない」

剣蘭を許すと明言した龍神の言葉を受けて、薔はあえてゆっくりと身を起こし、剣蘭に視線を向ける。

耳で察していたものの、すでに痛みから解放されて落ち着いている剣蘭の顔を見ると、全神経が安らいだ。

「承知しました」

剣蘭は龍神を見ているようで見ておらず、その視線は薔にのみ向けられていた。

少なくとも薔はそう感じて、窓枠から離れる剣蘭の手を見送る。

本当は、龍神にもう一つ頼みたかった。「剣蘭がこの部屋を通って下の階に戻ることを許してください」と、言えるものなら言いたかった。

それを口にできなかったのは、剣蘭の瞳が薔の考えを拒んでいたからだ。

まるで、「俺は大丈夫だから、これ以上望むなよ」と、そう言っているように見えて、言うか言わないか迷っているうちに剣蘭は屋根を下り始めた。

「剣蘭、気をつけて」

本当に大丈夫なのだろうか、今からでも言った方がいいのではと、心配で思いきれない薔は、龍神の腕に掻き抱（いだ）かれる。

「そのように他の男を見るな。剣蘭の運気を下げて、命を落とすような真似（まね）はしない」

「本当ですか？」

「本当だ。もしそんなことをしたら、お前は嘆き悲しんで私を心底嫌うだろう？」

「はい」と答えた薔は、龍神を信じながらも小窓の外に意識を向けていた。

ギシギシと屋根が軋む音が微かに聞こえ、五階から四階に戻るという危険な行為は今のところ順調なようだった。

──紫の小さな稲妻みたいなものも消えてたし、あんなに苦しそうだった胸も問題ないみたいで、よかった。本当に……。

ほっとすると急に体が重くなり、意図せず龍神に凭（もた）れかかる形になる。

常盤がそうしてくれるのと同じようにそっと抱き留められ、「薔」と耳元で囁（ささや）かれた。

勘違いして「常盤」と返しそうになる唇を引き結び、一呼吸置いてから「はい」とだけ返す。

「お前も剣蘭には近づくな。あれは少々厄介で、危険な存在だ」

「危険な存在？　剣蘭がですか？」

「あの男は、お前に懸想している」

　背中を撫でてくれる手は優しかったが、戒める声は一段と低い。

　懸想と言われて、自分が知っている以外の意味があっただろうかと考えた蕾は、剣蘭の眼差しを思い返す。

　確証はなかったが、龍神の思い違いだと即座に否定できない何かが剣蘭の表情や目に宿っていた気がした。はっきりと名称をつけられると、疑いが濃くなっていく。

「お前にも思い当たる節があるだろう？」

「――っ、懸想って、恋愛感情とか、そういう意味ですか？　剣蘭は、あくまでも友人の一人です。常盤に俺のことを頼まれてるから、使命感で俺を守ろうとしてくれて……実際何度も助けてもらってるけど、恋愛感情とかはありません」

　それだけではないことを薄らと感じながらも、蕾は自分の認識を語るしかなかった。

　龍神の寵愛を受ける神子として、他者からの恋情を当たり前に思うべきだと自らに言い聞かせても、簡単には切り替えられない。

「お前にはなくとも、向こうにはある。恋愛感情、或いは劣情があるのだ。お前の絵姿を見ながら、夜な夜な自慰に耽っている」

「え……え、絵姿？　それって、茜が描いたやつですか？」

「そうだ、それを使って卑猥な妄想を繰り広げている。そういう意味で惚れているのだ」

「剣蘭が、俺に……」

そんなわけありません、何かの間違いです——と言えるなら言いたかったが、神だからこそ知っている情報を耳にするまでもなく、心当たりがあるのではどうしようもない。

今夜の剣蘭の眼差しに限らず、思い返せばこれまで何度も、冗談という形でそれらしいことを言われてきた。

「剣蘭に近づくなっていうことは、俺を教団の神子にする気はないってことですか？」

剣蘭の感情はひとまず置いておくことにした薔の問いに、龍神は首を横に振る。

「それはまた別の話だ。人として干渉されずに生きるためには、権力と財力が必要になるからな。私が自身を神だと証明することは難しくないが、面倒なことを人任せにして教祖常盤として生きた方が都合がよい。故にいつまでもここにはいられないのだ。お前と共に日の出を眺めたあと、新たな神子の誕生を公表する。私と共に、教団本部に行こう」

「——俺が、神子に……」

そうなることを覚悟し、むしろそうなった方が、常盤の魂を呼び戻すのに都合がよいと思っていても、現実になると伸しかかってくるものがあった。

常盤は、十五年という長い時間をかけて、薔が神子になるのを阻止しようとした。結果的に常盤自身が薔を神子にしてしまったが、血の繋がらない兄弟の関係を超えた二人にとっての問題は、薔が神子であることを公表するか否かだ。

「お前が最高位神子として崇められるのは、教団や南条家はもちろん、新教祖である私にとっても晴れがましいことだ。常盤が守り抜いたものを早々に壊すとはいえ、お前が気に病むことはない。楠宮が生きていた頃とは状況が違う」

「それは……わかっています」

「わかっているなら躊躇うことはないはずだ。この先、すべての神子は託宣を得る必要がないのだから、不本意なことはしなくてよい。ただ、常盤の体を持つ私と四六時中一緒に過ごすだけのことだ」

薔は「はい」と答えなければと思いつつ、何も言えなかった。

常盤と四六時中ならいいけれど、肝心なのは中身であって、龍神と常に一緒だと思うと気が重くなる。

顔に出さないよう努めても、抽斗を開けるように笑顔を引っ張りだせるものではない。

「薔、お前は二つ返事でついて来てはくれないのか？　改めて言うまでもないと思うが、私は淫縦なところがある故、お前がそばにいて見張っていてくれないと、快楽を求めて遊び尽くしてしまうぞ」

「——っ、それは……」

また、背中をゆっくりと摩られた。

先程と同じく優しい手つきだったが、どこか意味深で官能的でもある。

「教団本部には、私の可愛い神子達が揃っている。そうそう、学園の外には椿もいるな。お前が来てくれないのなら、この体で椿を抱いてしまうぞ」

「やめてください！　そんなことされるくらいなら、俺が」

誰であろうと許せないけれど、それは特に、特に許せない話で、気づけば龍神の両腕を摑んでいた。

自分でも必死過ぎて見苦しいと思うが、条件反射に近い勢いで縋りついてしまう。

執着せずにはいられない体を、抓るようにして揺さぶった。

「椿さんはもちろん、他の誰にも……この体に、指一本触れさせないでください。貴方の体に触っていいのは、俺だけです」

常盤の体に触っていいのは、俺だけ。誰に乗っ取られていようと、これは常盤の体だ。勝手なことはさせない――言いたいことのすべてを言えずに呑み込むと、代わりに嗚咽が漏れてしまう。

こらえてもこらえ切れない涙を、ほんの少しだけ零してしまった。

4

八十一鱗教団が祀る紫眼の黒龍と一体化した教祖という、最強無敵の立場で、龍神は翌日もその次の日も奔放に振る舞っていた。

教団本部には帰らずに薔を新神子として公表し、挙げ句の果てに、薔を神子にしたのは自分だと、悪怯れずに名乗りを上げた。

空位の竜虎隊長の代わりに祈祷をするために学園に訪れた教祖が、憑坐役を買って出て贔屓生を抱くなど――本来なら越権行為であり、問題視されかねない。

常盤が元々は竜虎隊隊長で、薔を特に可愛がっていると噂があったことから、在任中に薔と特別な仲だったのではと勘繰られる危険も十分にあった。

それどころか、何かと幸運に恵まれていた薔は以前から神子になっていて、これまでは陰神子だったのではないかと疑う者も出るだろう。

しかし今となっては、過去現在に何があろうと誰も常盤を責められず、その愛を受けて神子になった南条本家の三男坊を非難することもできない。

教団内で栄華を極めるのが明らかな常盤と薔に対して、内心はどうであれ、見た目には誰もが諸手を挙げて祝福した。

「新神子様誕生、万歳――！」

陽光を弾く黄金と黒の座馭式儀装馬車の中で、薔は学園中の人々の歓声に包まれる。

教団本部から送り込まれた音楽隊の演奏が重なって、何を言っているのか聞き取れないことも多かったが、時には「薔様、万歳！」「薔薇の君、万歳！」と、耳に届いた。

大勢の生徒に名前を呼ばれることで、「ああ本当に俺なんだな」と現実を突きつけられ、他人事ではないのだと痛感する。隣には新教祖常盤の姿の龍神が座っていて、前の席には教団本部から来た侍従次長と、竜虎隊副隊長の海棠がいた。

神子誕生を祝う式典は年神子祭と呼ばれ、華やかなパレードの主役を務める新神子は、白い長衣に花冠という姿で生徒達に手を振るのがお決まりだ。

神子は各々の竜生名に因んだ植物の刺繍が入った服を着るのが定番だが、年神子祭には間に合わないため、そういった物は着ない。

しかし薔の場合は通常と異なり、薔が神子になることに多大な期待を寄せていた前教祖楠宮によって、体に合う銀糸の薔薇刺繍の長衣がすでに用意されていた。

花冠は白薔薇で作られ、初等部の童子達が沿道から撒くのも白薔薇の花弁だ。

何よりも教祖同伴という、異例ずくめの年神子祭は、薔が極めて有力な家の出身であることを示さんばかりのものだった。

――これでもう、逃げられない。常盤と二人で秘密を守って、王鱗学園の生徒として、陰神子として……ひっそり生きていくことはできないんだ。本当に俺は、神子になった。信用できる一部の人達だけじゃなく、教団中の人間に、神子として認識されたんだ。

黄金と黒の馬車は全エリアを通過するため、準構成員という位置づけの大学生からも、教職員からも祝福される。陽射しを受けて蕩けるように輝く金装飾の馬車を、外からではなく中から見ている違和感がいつまでも拭えず、薔は夢でも見ている気分になった。

半年前に杏樹が経験したであろう、夢心地といったものではなく、眠っている間に見ている夢……言うなれば悪夢という意味での夢だ。

——龍神様が降りてくるところから全部、夢だったらいいのに。目が覚めたら、常盤の隣でうとうとしてて、馬車じゃなく列車の中ならよかったのに。常盤の体に常盤の意識があって、目は黒くて、常盤が、「もう一周してしまったぞ」って笑ってくれたら……。

願っても現実は夢にはならず、命ある限り終わりは来ない。

薔は毎年、上級生が神子になるたびにコロシアムでの初祈禱に参列させられ、最後にはこうして沿道から見送った。この学園の生徒として、それは当然の義務だったからだ。

薔にとっては興味のない行事で、かつては神子が男に抱かれていることを知らなかったため、去り行く者に思い入れはなかった。新神子になると盛大な祝福を受けて微笑む者が多く、「いきなり卒業させられるのに、そんなに嬉しいのか？」と、理解できないまま見送っていた記憶がある。

周囲に合わせて適当に拍手を送り、後ろの方でおざなりな万歳をしていた自分が、今は馬車の中にいる。沿道に向かって手を振る気分になどなれなかったが、剣蘭や茜、白菊の顔が見たかったので、開いた窓から外を見ていた。

秋の午後の澄んだ風が車内を抜けて、心地好いはずなのに吐き気が渦巻いて消えない。これでいいんだと思っても、これが最善なんだと承知していても、常盤が懸命に守ってくれたものを壊している現状に吐き気がした。

理性で拭えない嫌悪感や罪悪感に襲われ、手を振るために上げた肘が震える。その先が思うように動かせなかった。

龍と菊水の紋章のバッジをつけた侍従次長から、「薔様、どうか最高の笑顔で手を振ってください。龍神様に選ばれるのが如何に幸せなことか、それを童子達に印象づけるのが、薔様の最初のお役目ですよ」と促されても、表情も手もどうにもできない。沿道に視線を向けているのが今の自分の限界で、中途半端に上げた手は固まったままだった。

「あ……剣蘭、茜……っ」

中央エリアの最終目的地まで来てようやく、贔屓生の白い制服が見えてくる。

一塊にされた彼らの中に、背の高い剣蘭と、名前の通り茜色の髪をした茜がいて、他の贔屓生を霞ませるほど目立っていた。

剣蘭の隣には白菊もいて、贔屓生の中で一人だけぶんぶんと手を振っている。

馬車からは距離があったが、大きく開かれてもまだ小さな印象の口が、「蕎くん！」と叫んでいるのが見て取れた。音楽隊の演奏によって掻き消されているのか、それとも声を出していないのか、どちらかわからない。神子の名前は様づけしなければならないため、おそらく後者が正解で、白菊は無音で「蕎くん！」と呼んでいるのだろう。

——白菊が……泣いてる。

馬車が贔屓生集団の真横を通ると、白菊の涙がはっきりと見えた。

一方で、茜はいつになく青白い顔をして、手を振ることも万歳をすることもできずに、こちらを見ていた。酷いショックを受けて立ち直れない様子に、胸が押し潰される。

「茜……っ」

できることなら時間を取って、茜と話したかった。昨日の朝から怒濤のような騒ぎの中心にいて、自由な行動は許してもらえなかったが、思い返せば後悔ばかりだ。

茜にこんな顔をさせるなら、もっと無理をしてでも時間を作るべきだった。

茜のことを考えていたつもりで、ちっとも足りていなかったのだ。

結局、自分や常盤のことで頭がいっぱいだった。

この先のことばかり考えて、残される者への配慮が十分ではなかった。

——茜、ごめんな……俺は、教団本部に行くけど、不特定多数の男に抱かれるわけじゃない。常盤の魂を取り戻すために……その機会を得るために、自ら望んで行くんだ。

だから心配しないでくれ、そんな、死にそうな顔で嘆かないでくれと、叫べるものなら叫びたかった。

お前に対して配慮が足りない、友達甲斐のない俺を許してほしい。でも、お前のことが本当に好きだと、大好きだと伝えたい。

――剣蘭、どうか……茜を支えてくれ。お前の判断で、何を話してもいいから、どうか茜を……！

茜の隣にいる剣蘭は、睨み据えるように馬車を見上げていた。

視線が一つに結ばれると、剣蘭は無表情で小さく頷く。

以心伝心など簡単には起きないのだから、剣蘭の頷きは茜のことではないのだろうが、それでも何か通じた気がして心が解けた。

剣蘭が学園に残っている以上、あとのことはどうにかなると信じられる。

――それでも、剣蘭の望みは学園から出ることだ。俺が上手く立ち回って、剣蘭を外の世界に出して、二人で協力して常盤の魂を元に戻す。常盤が意識まで乗っ取られてるのを知ってるのは、俺と剣蘭だけだから……。

同じ日に生まれ、家族を交換して育った運命の片割れに、薔は一旦別れを告げる。

そうして学園の全エリアを緩やかに走った馬車が最終地点の西方エリアに到着すると、薔は改めて剣蘭の的確な行動に感心した。

降龍の儀の夜、五重塔に似た降龍殿の四階から、屋根を伝って五階に上がるという命知らずなことをした剣蘭は、このパレードまで一度も薔と接触していない。四月に杏樹が学園を去る時は贔屓生と話す時間が多少あったが、薔の場合は教祖が……正確には龍神が一緒にいて、薔が離れることを片時も許さなかった。

そのうえ龍神と一体化した新教祖を目当てに教団本部から次々と幹部らが挨拶に来て、自由にならない堅苦しい時間が延々と続いた。

あの夜、剣蘭が命懸けの無茶をして会いにきてくれなければ、この先のことを相談する機会を持てず、今よりも遥かに不安な気持ちで学園を去る破目になっただろう。

──剣蘭、茜に伝えてくれ。以前とは状況が全然違うし、俺は大丈夫だって。いつかはわからないけど、また会えるから凹むなって。心配せずに、元気で待っていてくれって、そう伝えてくれ。

馬車を降りてリムジンに移っても、薔は遠く離れた剣蘭に願い続ける。

信じて頼れる仲間がいること、胸が潰れそうなほど大切に思える友がいること、そしてすべてを懸けて愛する人がいること──今は離れ離れになっていていてつらいけれど、あとを任せて前に進める自分は、幸せだと気づくことができた。

5

豪奢な白いリムジンが、緑地を従えて聳える教団本部に到着すると、薔は龍神のエスコートを受けて車外に足を踏みだした。

地上四十一階、地下六階の近代的なビルは、宗教団体の本部としては知られておらず、表向きの名称は公益社団法人南条製薬本社ビルとなっている。

実際に下層階は製薬会社として機能しており、九階より上が教団施設だ。

最新のセキュリティシステムとガードマンによって厳密に管理されたビルの二十五階まで、車両ごとエレベーターで上がった一行を待っていたのは、左右に分かれて整然と並ぶ教団員と、延々と続く真紅の絨毯だった。

通常、新神子は竜虎隊隊長に手を引かれて二十五階で車を降り、そこから人間のみを運ぶエレベーターに乗り換えて教祖に会いにいく手筈になっている。

しかし薔の場合は教祖が共に行動しているため、竜虎隊隊長の代わりに付き添う海棠に手を引かれることはなく、教祖が直々に謁見の間に連れていくことになっていた。

「新神子様、万歳――！　薔様、万歳――！」

ここでもまた、熱烈な祝福を受ける。

白薔薇の花冠を戴き、引き摺る長さの長衣を着た蕾は、龍神と共に静々と歩いた。

教団本部に来るとさすがに腹も決まり、衣装に合わせて神子らしく振る舞うのもあまり抵抗がなくなる。つい先日、神子の桃瀬に扮して大勢の前に出て、教祖選という大舞台を切り抜けたことが自信に繋がり、多少は余裕を持つことができた。

そのうえで南条本家出身の最高位神子として、教祖の愛妾として、蕾は驕り高ぶらず、従順に従う素振りを見せる。教祖の寵を競う神子達の争いに巻き込まれないよう機に臨み変に応じて、目的を果たさなければならなかった。


学園での年神子祭、教団本部での式典と、気の休まる時がない一日が終わり、蕾は四十階に与えられた部屋でようやく一息つく。

最高位の神子とはいえ、本来は神子のフロアで暮らすものだが、実際に与えられたのは教祖のフロアの一室だった。

彫刻を施された大理石の壁と、そこに飾られた風景画、天井から下がるクリスタルのシャンデリアが見事な部屋で、床には一点の汚れもないシルクの絨毯が敷かれている。

大きなウォークインクローゼットやバスルーム、キッチンを始め、天蓋付きのベッドやアンティークの机と椅子、長椅子やチェストなど、生活に必要な物が大方揃っていた。

しかし教祖の私室の続き間という位置づけになっていて、この部屋には扉がない。代わりにあるのは扉二枚分の大きさがある出入り口のみで、半個室といった雰囲気だ。前教祖時代は銀了(ぎんりょう)がこの部屋を使っていたと聞いているが、彼の場合は神子としての自室とこちらを使い分け、行ったり来たりしていたらしい。

——隣から話し声が……ここ、ドアがないから丸聞こえだな。

入浴を済ませて髪を乾かしていた蕾は、教祖の私室から漏れ聞こえる声に耳を澄ます。白いバスローブの腰紐(こしひも)を締め直し、スリッパを履いて、そろりと出入り口に近づいた。

蕾が入浴している間に客が来たようで、龍神は常盤(ときわ)の振りをしながら対応している。相手は少し年のいった男だった。優しげな声に聞き覚えがある。

——葬儀がどうとか話してる……この声、於呂島(おろしま)さんだ。

蕾の位置から教祖の私室は一部しか見えないものの、来客は正侍従の於呂島で、二人がソファーに座って話しているのは間違いなさそうだった。

於呂島は常盤の叔父で、西王子(さいおうじ)一族の人間には見えない五十代の優男(やさおとこ)だ。常盤から信頼を受けており、身分を越えて常盤に物を言える人物でもある。蕾が常盤を見舞うために杏樹(あんじゅ)の名を騙(かた)った際、別人だと気づきながらも会えるよう取り計らったり、教祖選で蕾が桃瀬と入れ替わる手伝いをしたりと、時には自己判断で、時には常盤の命令通りに動き、蕾にとっても大恩を感じる人だった。

「俺は神を吸収して、神と一つになった。人間としての親との繋がりなど関係ない次元に達したのだ。何度言われても紅子の葬儀には出ない。神子が誕生した目出度い時に、喪に服するのも御免だ」

壁の向こうで龍神は一人称を変え、これまで以上に常盤らしい話し方を意識していた。最初のうち、於呂島と常盤の関係性を、よく知っているからだろう。

於呂島は教祖になった常盤を相手に怯まずに接し、「形だけでも喪に服するべきだ」と話していたが、今の言葉で風向きが変わったようだった。

紫の目になった常盤から、「神を吸収して、神と一つになった」とまで言われては、最早返しようがないのだろう。さすがに臆したのか、「本当に……神と一つに?」と呟いたあとは二の句が継げなくなり、そのまま黙り込んでしまった。

──於呂島さんからしたら、義姉と末弟が同時に亡くなってるんだよな。教祖の立場で言えば新神子の誕生を祝うのが優先だろうけど、式典が終われば喪に服するべきなんだ。於呂島さんが言う通り、今から西王子本家に駆けつけて、母親の亡骸に会って……。

於呂島が相手にしているのが本物の常盤なら、表向きはそうしただろう。母親と不仲だったとはいえ、人としての筋を通すに違いない。教祖になったからといって親を蔑ろにするような真似は人心掌握のためによくないと計算してか、産んでくれたことへの恩義を果たすためかはわからないが、常盤なら確実に、今夜中に実家に戻ったはずだ。

「常盤、その目は偽りではなく本当に、自然な色なのか？」

「自然な色、とは如何なる意味の質問だ？」

「色のついたコンタクトレンズや、その……何か新しい科学的な方法によって変化させたものではないのかと、そう訊いているんだ。もしそれが本物だとしたら、どうして、儀式以外の平時に龍神様を……神を、その身に留めることができるんだ？」

於呂島が神の存在を疑う発言をしたため、薔はいつでも踏み込めるよう身構える。

顔を見なくとも、龍神が少しずつ苛立っているのが感じられた。

疑うならば神の力を見せてやるとばかりに、於呂島の心臓を締めつけるのではないかと心配でたまらない。降龍殿では相手が剣蘭だったから一時的な苦痛で済んだが、於呂島の場合は呆気なく死んでしまう気がした。

「於呂島……いや、叔父貴、俺の左手を見たことがあるだろう？　古い火傷も新しい手術痕も、両方見たはずだ。あの醜い傷痕が、神と一つになった途端にこの通りだ」

どくどくと心音を高鳴らせる薔を余所に、龍神は平和的な手段を用いる。

火傷と傷痕が残っていたはずの左手を、於呂島に見せつけたようだった。

於呂島は「ああっ、なんてことだ」と驚きの声を上げる。

常盤の信奉者達と同じく、その声には驚愕だけではない歓喜の色が含まれていた。

権力を握った甥が道義的な責任を果たさないことに困惑していた彼も、神との一体化を信じたことでようやく、人間としての常識がどうでもよくなったのかもしれない。

「叔父貴、これでよくわかっただろう、俺は神に選ばれたのだ。最高の憑坐として快楽と恋の悦びを追求し、すべてを神と分かち合って生きていく。今後は誰の指図も受けない。アドバイスとやらも要らない。叔父貴があまりうるさいことを言うと、この身に宿る神の逆鱗に触れて、俺の心臓が止まりかねない。頼むから余計な口出しはしないでくれ」

がたんと音がして、於呂島が立ち上がる。

龍神は「お前の心臓を止める」ではなく、「俺の心臓が止まりかねない」ということで、於呂島の干渉を断ち切ろうとしていた。

それだけよく、於呂島の性格と常盤との関係性を理解しているのだろう。

「常盤……どうか、その内なる神に、お許しを請いたい。私はもう何も言わない。どうかお前の身が守られるように……っ、私の心からの祈りを、神に伝えてくれ」

於呂島の声は震えていて、紫の双眸で凄まれたであろう彼の震驚が伝わってきた。

肌がひりつくような空気を感じながら、蕾は独り息を詰める。

察するに於呂島は土下座をして頼み込んでいるようだったが、彼の認識はあくまでも「常盤と神の一体化」に過ぎない。

常盤の意識は以前と同じようにあり、神と一体化した影響を受けつつも不自由はないと信じているのだろう。そんな於呂島に、本当のことを言えるものなら言いたかった。

その男は、その神は常盤の体を盗んだのだと、実母の葬儀に参列しない選択をしたのは常盤ではないのだと、すべて話して常盤の魂を取り戻すための力を得たい。正侍従という身分を持ち、教団の上層部に精通する於呂島が味方になってくれたら、どんなに心強いか知れなかった。

——龍神様が自分の正体を於呂島さんに隠している以上、俺が勝手に話すわけにはいかない。榊さんや楓雅さんは今日の式典に出席してたけど、面会は許してもらえてないし、ここでの味方はいないってことだ。

於呂島が帰ったあと、龍神はソファーに残って何か飲み食いしていたようだったので、薔は声をかけずにベッドに腰かける。

こちらの部屋に、彼が来なければいいと思った。

於呂島に対してまで、「恋の悦びを追求し」などと発言していた彼が無理やりなことをするとは思わないが、肩を抱かれるだけでも憂鬱になる。昨夜も同じ布団で寝かされて、性的ではないにしてもあちこち撫でられ、髪や首の匂いを何度も嗅がれた。

今日の式典では、見た目には常盤である彼に手を引かれて、花嫁のように扱われた。

相手が本物だったら、恥ずかしくもそれなりに嬉しくなったのかもしれないが、中身が違えば空しいだけだ。

——目の届く場所に……いてほしいとは思う。他の誰にも触らせたくないし、そういう意味では一緒にいたいけど、このくらいの距離感でいい。壁一枚隔てて顔が見えなくて、空間は繋がってるから、何をしてるかだいたいわかる。しばらくこんな感じがいい。

隣室からは、フォークと皿が触れる音がした。匂いまでは流れてこないので何を食べているのかわからないが、リンと鈴のように鳴る、澄んだ音だ。龍神は人の体を得たことで食にも興味を示し、学園でも教団本部でも、出された物を喜んで口にしていた。

昨夜は自ら酒を所望し、竜虎隊員から「お酒は控えておられたのでは？」と訊かれても構わず飲んでいたくらいだ。挙げ句に「旨い気がする。体温が上昇してきたぞ」と言って服を脱いで鏡に向かったかと思うと、「私の本地が浮かんできた」と、背中の朧彫りを見て満悦していた。

――常盤の体で、変なことしないように見張ってないと。浮かれてるのは龍神だけじゃなく、教団員もだ。皆、「常盤様が神に選ばれた」って喜んでるけど、選ばれたというより奪われたんだ。それに気づかず、常盤の体に神が降りっ放しの状態に、ほとんどの教団員が舞い上がってる。どう受け止めていいかわからないって顔してたのは、俺が気づいた限りでは榊さんと楓雅さんくらいだ。於呂島さんも半信半疑だったわけだから困惑してる人も結構いるんだろうけど……今後は御神託を得られないことを知られてない現状では、だいたいの人が歓迎してる。

御三家の中では最下位の家柄である西王子一族から見れば、教祖常盤の格が上がるのは望むべくもなく、当主の妻や弟の急逝という不幸を覆す吉慶といえるだろう。

南条一族にとっても、神に選ばれた常盤が寵愛する新神子が、南条本家の三男坊であることは非常に喜ばしい。不幸が続いていただけに、慶事に沸いているようだった。

この状況が面白くないのは北蔵一族だが、常盤に神が降りたまま離れない状況下では、やはり歓迎するしかない。言うなれば全員が全員、龍神側にあり、学園を出た今の薔には味方が一人もいないことになる。

――榊さんや楓雅さんと早く話したいけど、あの二人を前にして、俺は言いたいことを言えるんだろうか。「龍神との契約を破棄したいから、封隠窟の場所を知ってたら教えてください」って、そんなことをあの人達に、本当に言えるのか？

ベッドに座っていた薔は、そのまま後ろに倒れる。

華美な天蓋の内側には、紫眼の黒龍の刺繡が施されていた。今にも動きだしそうな龍の姿に目を細めながら、薔はこれまでに得た情報を頭の中で整理する。

――龍神様は、始祖の竜花様と交わした契約を破棄したがっていた。常盤の手で契状を破らせて自由になって、天神界に戻りたかったんだ。だから、今からでも契状を見つけて破棄することに意味はある。龍神様が常盤の体から抜けだして天神界に帰ってくれたら、常盤の魂は蘇るはずなんだ。

常盤奪還のみを考えた場合、契状を見つけだして破くのは絶対だと、薔は考えていた。

恣意的な面のある龍神が、「人として生きるのに飽きた。天神界に帰る」と言いだしたところで、契状があるうちは帰れないのだから、帰りたいと思ったら速やかに帰れるよう準備しておくのは最も重要だ。

しかし問題は榊の体で、不治の病を抱える彼が龍神と縁を切るのは危険が伴う。健康な人間とは違い、龍神が去って運気が落ちた途端に、命を失うかもしれない。

——常盤にはそれができなかった。でも俺は、それをやろうとしてる。常盤と榊さんの命を天秤にかけた場合の答えが、俺には……考えるまでもなく出てしまっているから。

敬愛すべき聡明な兄に対して、自分は薄情で残酷な弟だと思う。

けれども綺麗事を言っていられる状況ではなかった。

常盤が健在ならばいくらでも榊の身を心配するが、いつ消えてしまうともわからない、龍神曰く「すでに消滅した」常盤の魂を取り戻すためなら、実の兄の命を危険に晒すのも厭わない。

そんなふうに、割りきったつもりだった。

少なくとも今日の式典で榊の姿を目にするまでは、割りきれていると思っていた。

ところが実際に顔を見てしまうと、常盤を取り戻すためならこの人の命を犠牲にしても仕方がない、などとは思えず、かといって常盤のために動くのはやめられなくて、二兎を追って二兎を得る道はないかと模索しては彷徨っている。

6

寝入り端に常盤の夢を見たのに、そのあとは支離滅裂な夢の連続だった。

眠る直前に榊や楓雅のことを考えていたせいか、彼らが何度も登場して、そこに剣蘭や茜、さらに椿まで加わっていた気がするが、内容はよく憶えていない。目が覚めた時に、「あれ、皆で森にいたのに」と思ったので、学園の東方エリアにいる夢だったのかもしれない。現実には考えにくいシチュエーションだったが、夢ならなんでもありだった。

「え……あ、夜？」

朝かと思えば、カーテンの隙間から暗闇が見える。

天蓋付きベッドの内側にある黒龍が目に入り、一瞬だけびくっと驚かされた。

眠る前はベッドに対し垂直に寝ていて、足は絨毯に投げだしていた気がするが、今は正しい形で横になっている。頭の下には枕があり、体の上には暖かい上掛けがあった。

銀製の置き時計に目をやると、二時前だとわかる。思った以上に夜明けが遠い。

――バスローブのままだけど、寝間着……下だけ穿いてる。なんかエアコンも点いてて暖かいし、常盤が……じゃなくて龍神様が、やってくれたのか？

隣に寝ているのかと思いきや、龍神の姿はない。

教祖の私室には別の続き間があり、そちらにも立派なベッドがあるため、今夜は独りで寝ているのかと思った。しかし生活音は何も聞こえず、気配も感じられない。

多少距離があるため聞こえないだけなのか、それとも本当に不在なのかわからず、薔は むくりと身を起こした。なんとなくだが、嫌な予感がする。

神子である自分に対する優しさはあるものの、享楽的なところも多分にあり、人の体で多くの体験を望んでいる龍神から、目を離してはいけなかった。

「龍神様？」

与えられた部屋の外に出ても彼の姿はなく、明かりが点いたままの居間には余計な物が何もなくなっていた。応接用のソファーセットは綺麗に片づけられている。

──お世話係の人が来ただけならいいけど、それならどこにも行かないよな。他に誰か来たのか？　寝室にもいないし、こんな時間にどこへ……まさか西王子家に行ったのか？いや、於呂島さんに説得されてもあんなに拒んでたし、いまさら行くわけないよな？

不意に、夢に出てきた椿の姿が頭を過る。

楓雅と一緒に暮らしているらしい椿が、今になって常盤に会いにくるとは思えないが、龍神が椿を呼びだしたとも考えられる。

元より、毎晩神子を抱いてきた好色な神だ。剣蘭の提案に乗って薔と心の交流を愉しむことにした一方で、欲求不満を解消すべく神子を呼びつけてもおかしくはない。

――冗談じゃない、そんなの……俺は、他の誰にも指一本触れさせないでくださいって言ったはずだ。約束はしてないけど承知したような顔しておいて、俺が寝てる間に！

常盤の体に椿が触れる様を想像すると、熱湯に放り込まれた温度計のように血が上る。剝(は)ぎ取る勢いでバスローブを脱いだ薔は、クローゼットの扉を開けた。

学園にいた頃は考えられなかったほど多くの服と靴が、床から天井まで所狭しと並んでいる。神子らしい長衣(ながぎぬ)もあれば、スーツやドレスのような服もあり、靴もハイヒールからスニーカーまで、統一感を無視して揃(そろ)えられていた。どれもこれも、前教祖が薔のために用意した物だ。亡き父の愛の遺物ではなく、醜悪な欲望の残骸(ざんがい)であるそれを、薔は苛立(いらだ)ち任せに引(ひ)っ摑(つか)む。

「なんだよこれ、地味かと思ったのに」

無難な黒い服に見えた物は、取りだしてみるとアシンメトリーになっていて、片側が白だった。前から見ると短くても、燕尾服(えんびふく)のように裾(すそ)が長い服や、小さな水晶がびっしりと鏤(ちりば)められたシャツなど、見慣れない奇抜な服が目につく。部屋の外に出られて、なおかつ地味ならなんでもよかったが、私服に縁がなかった身で適当に組み合わせるスキルなどあるはずもなく、最終的に行き着いたのは上下黒のジャージとグレーのスニーカーだった。

――龍神様は……常盤の体は、どこに行ったんだ？

主扉を開けて教祖の私室を出てみたものの、誰もいない廊下が広がるばかりだ。

このフロアすべてが教祖の物で、部屋はいくつもある。

寝室を擁する私室は片隅に位置し、専有面積の多くを占めるのは公的な領域だと説明を受けていた。よく利用されるのは謁見の間で、新神子として教団本部に来た蕾が、最初に案内されたのもそこだった。

私室とは切り分けられた別の廊下の先に出ると、微かに水の音がする。

このフロアに来た時に驚かされた物の一つだが、エレベーターホールから続く大理石の廊下は硝子の壁に挟まれていて、上から水が流れている。壁泉と呼ばれる物で、硝子の向こうには四十階からの夜景が見えた。とはいえ水のせいで明瞭には見えず、遠くに立ち並ぶ高層ビルのシルエットとネオンが透ける程度だ。

日中には陽射しが通って眩いばかりだったが、その時もやはり街の様子は見て取れず、外界の情報を取り込むだけの余裕がない今の蕾には、暈された景色が丁度よかった。

――紗の向こうに灯りが見える。人の声も？

絶えず流れる水音に紛れて、途切れ途切れ、微かに声が届く。

龍神は謁見の間で誰かと会っているのだろうか。食器を片づけにきた世話係から来客の知らせを受けたのだとしたら、そういうこともあるかもしれない。

こんな深夜に誰が来るのか、教祖相手にそんな無茶が許されるのは誰か、そう考えると候補は絞られた。

——母親の葬儀に出なさいって、西王子家の当主が直々に説得に来たとか……でもそれなら私室に通すはずだ。叔父を通したのに父親を通さないとは思えない。あとは、親友の青一さんが誰かに頼まれて説得に来たとか？　いや、教団外の人だし、それはないよな。もし来たらそれこそ私室で会いそうだ。謁見の間を使うなら、もしかして楓雅さんか？

そうあってほしいと願いながら、薔は水の廊下を進む。

楓雅に会ってすべてを話すだけの気持ちの整理はついていなかったが、とにもかくにも会いたいと思った。常盤が教祖になったからといって、薔が教団の神子になるとは思っていなかった楓雅は、新神子誕生の報にさぞや驚いたことだろう。

常盤と薔が納得しているならそれでいいと判断し、自分が出る幕ではないと考えそうな人ではあるが、事のあらましを知りたいとは思っているはずだ。

——なんだろう、この声……一人じゃない。まさか、女の人？

水音に慣れてきた薔は、耳を澄まして声を聞き取る。

西王子家の竹虎や雨堂青一、楓雅とは程遠い高い声が重なっていた。

女性かと思ったのは一瞬で、近づくと男の声だとわかる。男というよりは、少年に近い高めの声だ。いわゆる男らしい声ではないというだけで、女声とは違う。

——これ、喘ぎ声……!?

スニーカーでそろそろと進んでいた足が、勝手に先を急いだ。

真実を知るのを恐れ、一呼吸置きたい気持ちを無視して、体が動く。

壁泉に挟まれた通路の奥に謁見の間があり、入り口は白銀の紗の幕で塞がれていた。

幾重にも重なる紗は美しい曲線を描いていたが、中央部分は薄く透けている。

中の灯りは主にそこから漏れており、室内は蜜の如く光っていた。

「……は、あ、ぁ……んっ」

疑いようもなくはっきりと、複数名の淫らな声が聞こえてくる。

夜中に教祖に会いにこられる人間が実は大勢いることに、今になって気づいた。階下は神子のフロアになっていて、そこで暮らす神子の大半が常盤の愛妾の座を狙っている。神憑きになった今の常盤は、彼らにとって何がなんでも得たい相手なのかもしれない。

――教団内での地位と権力……さらに神の寵愛まで手に入る。気に入られれば常盤の相手だけすればよくて、醜い憑坐と寝なくて済む。そう考えたら、誰だって……。

この先、御神託を降ろす必要がないことを彼らはまだ知らない。そうでなくとも教祖の愛妾の座は魅力的なもので、油断してはならなかった。龍神にとっては自ら選んだ可愛い神子達だ。蕾との性的行為をしていない今、彼らの色仕掛けに乗らない道理がない。

「ふぅ、あぁ……ッ、常盤様……ぁ」

「く、は……や、あ……もっと……」

重なる嬌声が、鋭い針のように蕾を突き刺す。

これは常盤の意思ではないと、わかっていた。教祖になってから神子の誰かが誘惑してきたかもしれないが、彼は相手にしなかっただろう。そういうことをした神子に対して、「もう二度とこんな真似はするな」と、厳しく突っ撥ねていたに違いない。

そう信じていられる自分は、本当に幸せで——常盤の体を乗っ取った龍神が好き勝手なことをしたからといって、そこまで深く傷つく必要はない。わかっている、わかっているけれど、あの体に触れられたくなかった。本当に指一本、触れてほしくなかった。

——結局、龍神は龍神……淫蕩で、どうしようもない神だ。

紗の幕に触れられる位置まで来た薔は、広い室内に蠢く黒い影を目にする。

複数の神子を相手に何をしているのか、想像することさえできなかったが、おぞましい性行為をしているのだと思った。

「……っ、え？」

中央部分の最も薄い幕の前で、薔は息を止める。自分が見ている物が信じられず、否、正確に言えば何を見ているのか把握できず、瞬きを繰り返した。視覚が捉えたものを脳が処理して確定するまでに、これほど時間を要するのは滅多にあることではない。

——な、なんだ……これ……これ……!?

謁見の間の中央に、黒い薄衣姿の神子達が連なっている。何人いるのか数えていられるほどの精神的余裕が薔にはなかったが、ざっと見て十人近くいる。

彼らは電車ごっこでもするように一列に連なり、両手を前に出して腰を曲げ、髪や体を前後に揺らしていた。黒い薄衣は肌を透かし、体のラインが露になっている。

全員裸足で、艶めかしい白い脚や臀部は剝きだしだった。

「……ぅ」

異様な光景に、ぶわりと鳥肌が立つ。

神子達は自分の前に立つ神子の腰を摑み、性器を挿入しながら腰を振っていた。そしてそれぞれが快楽に喘ぎ、「常盤様っ」と、自分を抱いているわけでもない男の名を口にしている。常盤は……常盤の肉体を勝手に使っている龍神は、神子達より高い場所にいた。

謁見の間の正面奥にある、階段を上がった御座所で、まさに高みの見物をしている。

彼は透けない黒い着物を着ているようだった。脇息に肘を預け、寛いでいる。

表情までは見えなかったが、独りなのは間違いない。酒か何かを飲んでいたが、教祖という立場にありながらも手酌で、その身に触れる者は疎か、侍る者すらいなかった。

「――黒龍ごっこって言うんですよ、あれ」

突如背後から声がして、薔は弾けるように振り返る。

壁泉の間に立っていたのは、桃色の和服を着た神子だった。

笑顔がよく似合う愛嬌のある顔立ちで、大きな黒瞳と真っ直ぐな黒髪の持ち主だ。

「桃瀬さんっ」

「お久しぶりです、薔くん……じゃなくて、薔様」

在学中に二学年上の先輩だった桃瀬は、薔に向かって一礼した。

かつて監督生として桃瀬と接点があった薔は、相次ぐ衝撃に挨拶すらできなくなる。

――桃瀬さんと会った場合のことを、考えてなかった。俺がこのタイミングで神子になったら、どう考えても疑われるのに！

教祖選の襲祖の儀で常盤に抱かれ、龍神を降ろし、常盤を教祖にした栄えある神子――西王子一族出身の神子である桃瀬は、教祖選の裏側を知っているはずだ。選挙の前に薬で眠らされたこと、自分と入れ替わった神子が存在したこと、それが現役神子の誰でもないことを知りながらも、常盤の意向を受けて黙している。

「馬鹿馬鹿しいですよね、あれ。あんな下品なことしたって見初められるわけないのに。常盤様には心に決めた御方がいるんですから」

「桃瀬さん……」

「そのお相手が文武両道の薔薇の君で、南条本家の御曹司だとわかった今、よく挑む気になりますよね。皆ちょっとおかしいですよ。だいたいあれ、前教祖様の趣味なのに」

黒龍ごっことやらについて意見を述べる桃瀬は、意味深な目を向けてくる。

無垢な小動物のような目で見つめられると、「教祖選で僕と入れ替わったのは君だったんだね。つまり君は陰神子だったわけだ」と責められている気分になった。

しかし実際は何も言われていない。もし追及されたら、薔は「なんの話かわかりません」で通すと決める。桃瀬は余計なことを言わない賢い人なので、すでにわかりきった真相を好奇心に任せて究明したりはしないだろう。「常盤様を教祖にしたのは薔だ」と明らかにすれば、栄誉を失って損をするのは桃瀬の方だ。常盤が神との一体化を主張し、それが受け入れられている今、教祖選の不正など些末な話になる。薔が神子になったのが半年前だったと知られたところで、「元陰神子」として格下げされる状況ではない。

「教団の神子は、皆……前教祖様の下で、ああいう行為をしていたんですか？」

「はい、お酒が入ると時々。でも、今夜のあれは常盤様の御所望なんです。それでも参加しませんでしたけどね、僕は。命令ではなかったし、常盤様は本来、ああいうのは好まないってことを知ってますから。いったいどうなってるんだか……龍神様が降りっ放しになってる影響なのか、飲み過ぎて酔ってるのか、どちらだと思います？」

「……っ、たぶん、酔って正気じゃないんだと、思います」

「かなり飲んでいらっしゃいましたか？」

「はい、浴びるように」

常盤の体を動かしているのは龍神だとは言えず、そうかと言って正気の常盤がやらせたことにはしたくなくて、薔はすべて酒のせいにする。

「お酒は控えてらしたのに……あ、でも、薔様との約束はちゃんと守っていましたよ」

桃瀬はそう言うと、「妬けますねぇ」と苦笑した。

「約束って、何か言ってましたか？」

「はい、『薔と約束したから誰にも手を出さない』とか、そんな感じのことを。そうそう、それで『黒龍ごっこなら問題ない』とか、『体に自信のある者は媚態を見せろ』とか、らしくないことを仰ったんです。やっぱり酔ってるんですかね」

「……たぶん」

こうして桃瀬と話している間も、紗の向こうから声が聞こえてくる。

薔は謁見の間に背を向けていたが、今でも目にしているかのように、先程の光景が瞼に焼きついて離れなかった。抱くという表現をするにはあまりにも情がなく下劣で、教祖の機嫌を取るために、神子が神子に性器を挿入するだけの行為。それを自分の父親が好んで眺めていたことも、常盤が所望した形になっていることも、酷くショックで鳥肌が治まらなかった。黒龍ごっこというよりは、薄衣から覗く白い足がやたらと印象に残り、巨大な百足が蠢いていたように思える。

「――っ、すみません、これで失礼します」

誰かが達したのか、一際大きな嬌声が耳に届いた。

気色悪さが弥増して、薔は強い吐き気に見舞われる。こんな所で吐くわけにはいかず、もちろん謁見の間に踏み込むこともできずに、桃瀬の横を通り抜けた。

「薔様、僕と仲よくしてくださいね」

おぞましい絶頂の声に、桃瀬の声が紛れる。

歩きながら振り返ると、彼は春の桃花の如き笑みを浮かべていた。

二つ年上とは思えないほど愛らしく、先入観がなければ純粋無垢な美童に見えるのに、やはり神子は神子。その微笑(ほほえ)みは、恐ろしいほどに強(したた)かだ。

エレベーターホールから続く公的な領域を抜けた薔は、教祖フロアの片隅にある私室に向かう。まだ馴染(なじ)みはないが、自分の部屋として与えられた空間に戻りたかった。誰にも干渉されない場所で、吐くなり顔を洗うなりして気持ちを切り替えたい。瞼に焼きついた黒白百足の媚態も、耳にこびりついた浅ましい声も、すべて洗い流して忘れたかった。

「あ、薔くん!」

教祖の私室に急いだ薔は、自分を待ち受けていた者の声に反応する。

今は誰にも会いたくなかったが、声の主と顔を合わせるなり気が変わった。

主扉の前にはフリルだらけの薔薇色(ばらいろ)の服を着た杏樹(あんじゅ)がいて、懐かしい笑顔で「わーい、薔くーん、会えてよかったー」と歓喜の声を上げる。

「杏樹っ」

犬飼のの

イラスト 彩

特別番外編 性なる薔薇

ブライト・プリズン

学園の薔薇は天下に咲く

BRIGHT PRISON

ホワイトハート 講談社X文庫

NOT FOR SALE

ブライト・プリズン 学園の薔薇は天下に咲く

特別番外編 性なる薔薇

教祖選が行われた夜——俺は何事もなかったかのように学園に戻された。帰りはキャンピングカーの中でシャワーを浴び、洗えば落ちる染毛剤で黒く染めてもらった髪を三回も洗った。おかげで元の色に戻り、顔の生理食塩水も大方抜けて、自分らしい姿で帰ることができた。

贔屓生宿舎の自室に戻ると、すぐにバスルームに飛び込む。

襲祖の儀で常盤が俺の中に出した物を、車内で出しきるなんてできなくて……尻に力を入れつつ閉じ込めて、涼しい顔で持ち帰るしかなかった。

「あ……っ、う」

油断できない状況が続いていたせいか、指で掻きださなくても次々と溢れてくる。

キャンピングカーのシャワールームでも少しは出したはずなのに、まるで繰り返し抱かれたみたいな量だった。

——たった一度だけだったのに、いつもより多かったのか？

もしそうだとしたら、その理由はどこにあるのか考えてしまう。

俺が、性行為に慣れた神子に成りきって色々頑張ったからなのか……人生の大きな山場で勝利し、解放的な気分で放ったからなのか——その二つが理由ならいいけど、他の可能性を考えると頭が痛い。

——まさか、桃瀬さんの恰好だったから興奮したとか、葵さんが見てたから燃えたとか、そういう理由じゃないよな？

俺が独り考えたところで答えは出せず、常盤の悦びの証は、排水口にしぶとく絡みながらようやく流れた。

——いずれにしても、御神託と関係なく意識が飛びそうなくらい、凄かった。

常盤が俺の中に出した時の脈動が、今も聞こえてきそうだった。心臓よりも激しく鳴って、体の芯から響いてくる。

常盤が選挙に勝って、龍神にも選ばれ、本来ならもっと喜んでもいいはずの夜に、俺には気掛かりが色々できてしまった。

ほっとした部分もあれば、新たな懸念もあって気分が晴れないのに……体は今夜の快楽を何度も思い返す。体内で液が流れるたびに、その時の感覚が蘇ってつらい。

特に道路の凹凸で車が揺れて、ずんっと下から突き上げられる振動を感じた時は、変な声を上げそうになった。

「――やっと、楽に……」

バスタブに片足を乗せて、後ろに回した指で孔に触れる。

少し前まで常盤と繋がっていた証拠に、そこは柔らかく綻んでいた。

普段はあんなに太く大きな物が入るのが嘘みたいに窄んでるのに、今は簡単に指が滑り込む。もしアレを押し当てられたら、ズブズブと音を立てて拡がり、いやらしく呑み込みそうだ。

「ん、ふ……ぅ」

常盤は俺の成長をゆっくり見ていたいと言っていたし、相手の好みに合わせるのも大人だと思って背伸びはやめたけど、毎月体を繋げていたら、初々しいままでなんていられない。

「……ぅ、常盤……」

つぷつぷと根元まで入れて掻き回すと、奥から下りてくる物があった。

腰の辺りがぞくりとして、常盤の精液が俺の中を逆流する。

もう一度、入れてほしいと思った。

やんわり拡げながら押し込んで、奥まで来てほしい。道路の凹凸で起きる振動が、可愛いものだったと思うくらい、激しく、ねちっこく突き上げてほしい。

「あ、ぁ……く、ぅ」

指を二本、揃えて深く挿入した。

性器なんか触らなくても後ろだけで十分感じられて、凄く性的で、罪深い生き物になった気がする。

――人間は本来……男女で交わるように造られてるのに、男の体に、こんな、性器以上に感じるところがあるなんて変だ。

俺達の神は男同士の交合が好きだから、何もおかしくはないのかもしれないけど、やっぱり変だ。ここがこんなに気持ちいいことを知ってしまったら、性器で得られる快楽なんかじゃ物足りない。

――あ……俺、常盤が知らないことを、一つだけ、少なくとも一つだけは、確実に知ってるんだ。

ここが、こんなに気持ちいいってことを知っている。好きな人とここで繋がると、死にそうなくらい気持ちいいってことを、よく知っている。

「あぁ……っ」

バスルームに声が響き、シャワーの音と重なった。隣の部屋の剣蘭に気づかれたらまずいと思ってるのに、やめられない。

常盤が本命にのみ求めるらしい処女性を失い、独りでこんなことをしてる自分を、本当にどうかしてると思う。深刻な問題を思考の外に追いだして、自分を慰めるのに夢中になっている。

男としての性器には触れもせず、それでいて腹につくほど昂らせながら、俺は……後ろを弄らずにはいられない。

「……く、ぅ――ッ！」

最後だけは歯を食い縛り、息を詰めた。

鳩尾から胸にかけて、そして鎖骨や首に至るまで、生温い物が駆け抜ける。


湯気と汗で湿った肌を、ぬめぬめと滑るそれから、青い匂いがした。

――自分のじゃなく、常盤のを……。

嗅ぎたいと、そう思う。

いい匂いじゃないことも、美味しくないこともわかってるけど、常盤のだと思うと色々……舐めたり飲んだりしたくなる。

――示したいんだ。こんなこともできるくらい、好きだ……って……言葉であまり言えないし、言ったところで言葉じゃ足りない気がして、俺はたぶん全身で、自分の想いを表現したい。常盤の体に、たくさん触って、気持ちいい顔をさせたい。

抱かれている時ではなく、自慰を通じてセックスの意義を痛感した。

会えないし、話したいことも思うように話せない中で、だからこそ気づけることもあるのかもしれない。

いつか当たり前に常盤と一緒に暮らせる日が来ると信じているけど、そういう日が来ても――会えないからこそ育まれた今の気持ちを、忘れずにいたいと思った。

〈了〉

明るい色の巻き毛と、華奢な体つき、ぱっちりとした大きな目の愛らしい元同級生——杏樹との間には、常盤や椿を含めて幾度か軋轢も生じたが、嫌な記憶は今となっては遠く感じた。それどころか、大切な友人と再会できたような喜びに胸を打たれる。

ジャージに包まれた体に、タックルでもするように抱きついてきた杏樹を、薔は自然な形で抱き留めた。親友でもなく、友人ですらなく、やたらと懐いてくる少し迷惑なクラスメイトでしかなかったけれど、元気そうな杏樹に会えてよかったと、心から思った。

——あの百足の中に、杏樹は入ってなかったんだ。

薔が目にした黒龍ごっこは紗の幕を隔てていて、そうでなくとも誰が誰だか、正確に何人の神子が参加していたのか視認できてはいなかった。

前教祖の頃はどうしていたのか知らないが、少なくとも今の狂愚に杏樹が加わっていなかったことに、薔は安らぎを覚える。特に癒やしになるタイプではないにもかかわらず、見知った可愛い人を抱き留めているだけで、不思議なほど穏やかな気持ちになれた。

「薔くん……常盤様の弟だって聞いてたのに、ほんとは違ったんだね」

「ああ、うん……違うような違わないような」

「まあ、どう見たって常盤様の弟は剣蘭だろうし、薔くんは南条兄弟に似てるもんねー。見た目は似てないけど、雰囲気的に。あと、髪と目の色が前教祖様にそっくりだし」

「最後のそれは嬉しくない」

「うんわかる。ごめん、また余計なこと言っちゃった」

愛嬌たっぷりの笑顔を見せる杏樹を、薔は教祖の私室に招き入れる。必要以上に広い部屋には応接用のソファーセットやバーカウンターもあったが、それらは使わずに奥の部屋まで案内した。他意はなく、自分が与えられたスペースに通すのが筋だと思ってのことだったが、足を踏み入れるなり少し後悔した。扉のない続き間には天蓋付きのベッドや装飾の凝ったアンティークの調度品が配され、如何にも愛妾の部屋に見える。

「あれ？　銀了が使ってた時と違うんだね、家具とか全部」

「そうなのか？　そのままだと思ってた」

「全然違うよ、あの人わりと新しい物が好きだったし。常盤様か南条家の人達が大急ぎで揃えたんじゃない？　そのままじゃ薔くんに失礼になるしね」

杏樹は「この椅子なんてお姫様のみたい」と言いながら、仮眠ができそうなロココ調の長椅子に腰かける。

「薔くん、なんか凄い人になっちゃって、羨ましいの通り越して淋しくなっちゃった」

「いや、俺は何も」

「謙遜しなくていいよ、生まれながらに格が違うんだし。教団の中で特に血筋がいいって言われてる南条本家の三男坊で、御立派なお兄様やお姉様がいて、父親が変態だったのは可哀相だけど、それ以外はほんと羨ましい」

「そういうのは、俺の力でどうにかしたことじゃない」

「運も実力のうちでしょ。常盤様も教祖になるし、龍神様が御降臨されたままになるし、そんな天下無敵の常盤様に見初められて神子になった薔くんは、究極の勝ち組だよね」

「——勝ち組？」

「うん、プリンス・オブ・神子って感じ」

　杏樹と離れて一人掛けの椅子に座った薔は、対外的な評価とは逆に浮上できない真実に鬱々とする。

　本物の常盤は薔を教団の神子にする気はなく、同級生と一緒に大学に進むことを望んでいた。外の世界に出して世間の常識を身につけさせたいと思いながらも急ぐことをよしとせず、順応教育を経てから出そうとしていた。他者から「勝ち組」などという表現をされるよりも大切なものがあることを、常盤は知っていたからだ。

　段階を踏んで広い世界に出ていき、自分の足でしっかりと歩けるように、何も恐れずに羽ばたけるように。親代わりであり兄であり、恋人でもある彼は、薔の心を大切に育んでくれた。

「杏樹……俺は、勝ち組なんかじゃない」

「また謙遜？　もう完全に嫌味だってば」

「必ず勝つって決めてるけど、まだ戦いの途中なんだ」

純然たる悪ではなくとも相容(あいい)れぬ神と、当たり前のように彼の言いなりになる教団員、愛妾の座を狙う神子達――常盤の体を守り、常盤の意識を取り戻すには、やはり生半可な覚悟では駄目だ。

「薔くんは何と戦ってるわけ？　邪魔な連中を片っ端から薙(な)ぎ倒して、前人未到の頂に立ってるように見えるのに」

「屍(しかばね)の山みたいな言い方だな」

「実際そうでしょ？　今年度になってから変な事件が続くし、なんだかまた物騒なことになってるみたいだし」

くすっと笑う杏樹は、同級生の竹蜜(たけみつ)と大学生が失脚した件だけではなく、紅子(べにこ)や蘇芳(すほう)が絶命したことまで知っているようだった。

龍神が人の命を奪えることを改めて思い返すと、榊の存在が一層重たく胸にかかる。

穏やかで優しげな微笑みも、病に苦しむ姿も見てきた。

あの人を死なせるなんて考えられないけれど、常盤以上に大切な人はいない。

――以前、白菊(しらぎく)が常盤のことを好きだからって、俺は常盤に、儀式の時に白菊の部屋に行ってくれって、頼んだことがあった。実際にそうされたら嫌なのに、自分の罪と狡(ずる)さを認められなくて……罪悪感を背負いきれなくて、常盤を酷く傷つけたんだ。

あの時、常盤は言っていた。

『俺を手放すようなことはしないでくれ』と、そう言っていた。

今こうして、榊の命を危険に晒せないからと迷ったら、同じことになってしまう。

――あの時の俺は……常盤の想いと白菊の想いを秤にかけて、本意じゃないのに白菊を選んだ。今は、常盤の命と榊さんの命を秤にかけてる。今度こそ心のままに、醜くても、残酷でも、正直な選択を……。

掻き毟りたくなる胸に拳を当てて、薔は杏樹を見据える。

好きになれないところもあったけれど、いつも欲望に正直な杏樹を、今は見習いたいと思った。

「お前は以前、俺のことを傲慢だって言ったよな、何度も」

「あ、うん。ごめん、薔くん怒ってる？」

「怒ってない。傲慢な態度を取るつもりはなかったけど、以前の俺は自分を過信してて、同級生くらいなら守れると思ってたし、上から目線だったと思う。今も、二兎追って二兎得る力があるわけでもないのに、あっちにもこっちにも、いい顔しようとしてた」

「――してた？　それも過去形？」

「ああ、過去形だ」

榊の姿を見て揺れてしまった心を、今度こそ固める。

他者に向けて口にすることで、前進した実感が持てた。

「ねえ、大丈夫？　事情はよくわからないけど、今の薔くん……この世の終わりみたいな顔してるよ」

長椅子から立ち上がった杏樹が近づいてきて、目の前にしゃがみ込む。

上目遣いで見つめられながら、おもむろに手を握られた。

白魚のような指は温かく、掌は柔らかい。

頼りない手だったが心地好さは格別で、もうしばらくこうしていたいと思った。

「薔くん、無理してない？　さっき、薔くんのこと勝ち組とか羨ましいとか言ったけど、それは僕の価値観に過ぎないからね。薔くんにとっては今の状況が最高とは限らないってこと、僕も一応わかってるんだよ」

「杏樹……」

「お相手は大出世した常盤様だし、あの椿姫にも勝って、しかもキングが実の兄でしょ？　何が不満だコラッとは思ってるけどねー」

悪戯っぽく舌を出す杏樹に、薔は黙って苦笑する。

常盤の魂が消息不明であることも、榊を見捨てようとしていることも話せないけれど、だからこそ屈託ない杏樹の笑顔に、今は少し癒やされた。

7

薔は白薔薇の花園に立ち尽くし、三つ揃いのスーツ姿の榊と対面する。

彼のブロンドは蜂蜜の如く輝いて、相変わらず英国紳士の見本のような気品を漂わせていた。背は高いが線の細い印象で、柔和で洗練された雰囲気を持つ。

榊の周囲には、白というよりオフホワイトの薔薇が咲き乱れていた。

薔薇の先には霧が立ち込め、まるで煙幕のように濃くて何も見えない。

薔が榊と学園の時計塔で会った時、彼は血のように赤い薔薇の花束を抱えていた。

その記憶が強いにもかかわらず、今の彼を取り囲む薔薇は一輪残らず優しい白だ。

——あの時の薔薇は常盤のために用意された物で、榊さんにはこういう色の方がいい。

淡いクリーム色に近い白で、香りは……華やかだけど控えめで、きつくない感じの……。

薔は目の前に立つ榊の顔を見上げながら、「すみません」と謝罪した。

謝って済む話ではないが、謝らないという選択肢はなかった。

「いいんだよ、気にしなくていい。当たり前の選択だ」

榊はそう言って、悲しげに微笑む。瞳孔に向かう虹彩の濃淡は黄金のようで、見つめていると吸い込まれそうになった。これは現実ではなく、夢だという認識が芽生える。

それどころか、自己防衛本能が見せる都合のよい夢だという自覚もあった。

——いいんだよって、榊さんにそう言わせて……俺は許されようとしてる。許されない罪を背負いきれずに、見苦しく……。

本当にすみません、ごめんなさい、と声を限りに叫んだ。見捨てたいわけじゃない、見殺しにしたいわけじゃない。元気になってほしい、幸せになってほしい人だ。

ただ、それ以上に常盤を取り戻したいだけで——謝る以外に言葉がなかった。

「薔……」

名前を口にしながら、榊はゆっくりと倒れる。まるでスローモーション映像のようで、こんな時でも優雅だ。濃霧に霞む白薔薇の中に倒れ、胸元を押さえながら顔を歪めた。

——榊さん！

青白く変わる上下の唇の間から、どぷりと血が溢れた。

それはもう、あり得ないほど夥しい血を吐いて、スーツもシャツも真っ赤に染まる。

それでも吐血は止まらず、榊を取り囲んでいた白薔薇は瞬く間に紅薔薇に変わった。

あの日、彼が抱えていた薔薇と同じ色だ。常盤に捧げられた薔薇と同じ——。

「……う、あぁ！」

榊の血が顔にかかり、濡れた感触があった。体にもかかって、薔が着ていた贔屓生用の白い制服は血塗れになる。怖くて怖くて目を見開くと、常盤が顔を覗き込んでいた。

「薔」と、心配そうな声で呼ばれる。

「あ……とき……っ」

「大丈夫か、魘されていたぞ」と彼は言った。「こんなに泣いて、可愛い顔が台無しだ。寝間着も汗で濡れている」とも言われた。

「――龍神……様……」

薔と揃いの寝間着姿で、同じベッドに入っている彼の顔は常盤の物に違いなく、声も常盤のままだ。けれども彼の目の色は紫だった。その頭の向こうには、天蓋の内側に施された黒龍の刺繍がある。ここが学園ではないことを思い知らされた。

悪夢から覚めても、現実に起きている悪夢は今も続いている。

「薔薇の……香りが……」

夢から持ち帰ったかのように、薔薇の香りが鼻腔に残っていた。

奇妙な感覚を覚えるや否や、視界に割り込む赤い色に引き寄せられる。

「よい香りだろう？　薔薇の芳香に包まれて心地好い朝を迎えられるよう、お前のためにこっそり用意させたのだ。どうだ、私がどれほどお前を想っているかわかったか？」

涙に濡れた顔を拭いながら室内を見渡すと、調度品を埋め尽くさんばかりの勢いで赤い薔薇が飾られていた。所狭しと並んでいるクリスタルと思しき花瓶が、朝日を弾く。それぞれに大輪の薔薇が活けてあり、種類も豊富だったが、一本残らず赤だった。

「──夢に、薔薇が……出てきました」

「そうか、夢に出るほど薔薇が好きか。しかし酷く魘されていたな」

「白薔薇が、血に染まる……怖い、夢を見て」

「ほう、それは悪夢というものだな。大丈夫だ、お前には神である私がついている」

龍神は薔を慰める機会を得て、どことなく嬉しそうだった。

上掛けを浮かせ、体重をかけずに覆い被さってくる。

薔の枕に半面を埋めると、「よしよし、いい子だ」と囁いてきた。

汗に濡れた髪をこめかみから梳き上げて、「私の可愛い神子」とも言われる。

「龍神様……」

今の悪夢は貴方がいるから見たんです。貴方が天に帰って常盤が戻ってきてくれたら、泣きながら魘されることとなんてなかった。薔薇の香りを嗅いで、俺はきっと、恥ずかしくなるほど甘い夢を見ていますす──悪態をつきながら言いたくなったが、不興を買って寵を失うのは怖かった。

あのおぞましい黒龍ごっこの最後尾に、常盤の体で立たれかねない気さえして、考えるだけで吐き気がぶり返しそうだ。

──自分が原因だなんて、思いもしないんだろうな。この人は、この神は、常盤以上に自信家で、愛されたがりだから……。

常盤の記憶を持ち、人として生きることを望み、常盤の真似が上手くなっていっても、神はやはり神のままだ。人とは思考が違うのだと思えば、悪夢の原因を察してもらえないことへの諦めはつく。

――そうだ、はっきり言わなきゃわからないんだ。当たり前に理解されてると思ったら駄目だ。話が通じるようで、通じてないこともたくさんあると思わないと。

ベッドの中で寝間着の釦を外されながら、薔は静かに瞼を閉じる。

朝を迎えたということは、常盤の体を奪われてから二日半が経過したということだ。時間にして約六十時間も経っている。

今年度二人目の神子として公表され、龍神と共に慌ただしい時間を過ごし、移動したり眠ったり食べたりといった時間を過ごしてきた自分には瞬く間に過ぎた二日半だったが、常盤にとっては違うかもしれない。ただ眠っているならまだいいが、意識を持ったまま闇の中で出口を求めて彷徨い続けているとしたら、どれほど長く苦しい時間だろう。

「……う、あ……っ」

龍神の唇が胸に触れ、肌を舐められる。

美味な物のように汗を掬い取られたうえに、寝間着のズボンを下ろされた。

太腿も汗ばんでいて、するりとは下りていかない。

摩擦が生じるズボンが少しずつ下ろされていく間に、薔は下着を摑んで引き上げた。

ウエストゴムの辺りを握って離さず、剣蘭が言うところの「心の交流」や「真の愉悦」「継続的な幸福感」や「恋愛」を求める龍神に、そのことを思いださせようとする。

「――わかっている。少しだけだ」

熱い息が胸の突起を掠め、すぐに舌先が触れた。

涙を拭いきれていない目元が、ぴりぴりと痛くなる。自分の顔が快楽に歪んでいるからこそ痛いのだと気づくと、肉欲に流される単純な体が憎くなった。

「少し舐められただけで欲深く勃って、実に素直な乳首だ」

「あ、ぅ……」

「ほんの少し前までは赤子で、常盤が手にする哺乳瓶に吸いついていたというのに……今では常盤の方がお前の乳首に吸いつく始末。人とは不思議なものだな」

「……っ、そんな、変なこと……言わないで、ください」

「いったいどこが変なのだ？　事実、お前と常盤がしてきたことだ。こうしていると私も常盤の気持ちがよくわかる。お前の胸に実る……吸い甲斐がないほど小さく、それでいて確かに痼る乳首に、赤子のように吸いつきたい」

「う、ぁ……！」

周辺の皮膚ごと齧るように吸われ、乳首の先端を舌で転がされる。円を描きながら散々弾かれたかと思うと、細く尖らせた舌で圧をかけられ、陥没させられた。

「い、あ……ぁッ！」

ぐりぐりと強く押し解されるたびに肩が竦み、解放されると全身が弾ける。

再び乳首を吸引されると、電気でも走ったかのように脚の間が痺れた。

膝は上下に揺れ、昂ぶる雄が頭を擡げて、下着の中から主張する。

「くっ……ぅ」

「──ッ、ン」

何が出るわけでもない乳首を執拗に求め、言葉通り赤子のように吸いついてくる龍神を、薔はやむなく抱き寄せる。常盤に抱かれる時の甘酸っぱい恥ずかしさとは違い、嫌悪感に裏打ちされた悲しい悦びに身を震わせた。

強く吸われれば腰が浮き、嬌声を漏らしながら喉を晒してしまうけれど、火照る体とは裏腹に心は冷える。これが常盤だったらいいのにと、思わない時は一瞬たりともない。

「龍神様……っ、どうか、楓雅さんを……呼んでください。封隠窟の場所の件で……」

乳首に吸いついてくる龍神の頭を掻き抱き、黒い髪を指で梳きながら囁く。

薔は教団本部に来る前から、「楓雅さんに会って話したい」と何度も求めていた。

昨日だけで三度要求したが、龍神は「本部での式典には参加するはずだ」「落ち着いたらここに呼べばいい」「今月中には会えるだろう」と、常盤奪還に急いている薔の本音に添わないことばかり言っていた。

天神界に帰りたい気持ちはありつつも、それは人としての人生を全うしたあと、つまり数十年後でいいと考えているのだから、悠悠閑閑としているのも無理からぬ話だ。

急かしたくても急かせない立場の薔は、辛抱しながら各所での式典を熟してきた。

「天神界は……龍神様にとって、故郷なわけですよね？」

「ああ、そうだな。故郷であり、いつか必ず帰る場所だ」

乳首の先をぺろりと舐められながら、薔は「それなら」と切りだす。

「いつでも、好きな時に帰れるように……しておくべきです」

「いつでも、好きな時に帰れるように？」

胸から腹へと下がっていく龍神の髪が、指間を擦り抜ける。

それでも追いかけ、いつも自分に触れてくる常盤の手を思いながら、彼のうなじや後頭部に触れた。房事の空気を保ったまま要求するのが、龍神を動かす好手だと考えた薔は、なるべく艶めかしく撫でるよう意識する。

「俺、龍神様の気持ちを、自分に置き換えて、考えてみたんです。俺も、学園という檻に囚われて……自由に外に出られない身でしたから」

薔はさらに、「お気持ちが、少しわかる気がしたんです」と共感を覚えていることを強調する。ベッドで脚を広げながら強請る色仕掛けは、好色な相手には効果があると思った。常盤と違い、それで萎えるような神ではない。

「いつ帰るかは、俺が決めることじゃありません。それはよくわかっています。ただ帰りたくなった時にすぐ帰れるようにしておいた方が、気分的に解放感を味わえるはずです」

「解放感か、悪くない言葉だが、もう十分だ。こうして思うままにお前に触れられる」

「……っ、ぁ」

臍を舐められたかと思うと、下着の上から性器に口づけられた。心がどんなに冷めていても体は熱くなっていて、そのせいで湿っぽさが増している。魘されて掻いた汗のせいだと思いたくても、下着がきつい状態では自分自身すら騙せなかった。

「毎朝お前の部屋を美しい花で埋め尽くそう。私には、百花の香りを愉しむ自由がある。存分に愉しめる肉体があるのだ。薔……お前のここの匂いも、嗅ぎたい時に嗅げる」

膝を摑まれて両脚を広げられ、兆した物に鼻梁を擦りつけられる。

すんすんと鼻を鳴らして露骨に匂いを嗅がれる恥辱は耐え難く、黒龍ごっこと同様に、常盤らしからぬ行動を取られることへの怒りが湧いた。

「ゃ、あ……ッ」

一刻も早く、その体を常盤に返せ――そう思うのに、刺激されると反応してしまう。

下着の生地を隔ててくっきりと形を現す雄を、鼻先でなぞられた。

根元より下にある柔らかい膨らみには、唇を当てられる。

「――っ、ぁ……龍神、様、俺は……」

かぷりと、双つのうちの片方のみを食まれ、否応なく腰が反れた。

直接触れなければ肉欲に走ったとは言えない——と思っているかのように、下着越しに頬張られ、舐め転がされる。

「は、ぁ……！」

ぐっしょりと濡れた脚の間で、熱い吐息を感じた。

人間の体を得たことでわかりやすく欲情している神に向かって、薔は今やるべきことを意識する。快楽に流され、感じて終わってしまってはいけない。それでいいのは常盤が相手の時だけだ。今こそ龍神に取り入り、上手に強請らなければならない。

賽を投げなければ先には進めず、常盤を取り戻せる日は来ない。

「龍神様……俺は、ずっと学園に閉じ込められていて、外で暮らしたい、というよりは、いつでも外に出られる自由が欲しいと、思っていました」

愛撫に従って身を仰け反らせながら、薔は辱めを受け入れる。

汗なのか先走りの蜜なのか、それとも唾液なのかわからない物で濡れた下着の不快感と、股間すべてを舐め吸われる悦楽の狭間で、ぴくぴくと身悶えた。

「実際に……っ、外に出るかどうかじゃなく、気持ちの問題が、大きかったと思います。自分の意思で、出ないのと……出たくても出られないの、は……全然、違う……から」

途切れ途切れに、けれども強い意志で言葉を紡ぐ。

学園から出る自由が欲しかった過去の自分の想いを語りながら、一方では、この瞬間に直面している肉体の訴えに翻弄(ほんろう)された。出したいだの達(い)きたいだのと、体が激しく求めてくる。その欲望は過去の想いを凌駕(りょうが)して意識を支配し、集中力を蝕(むしば)んだ。絶頂を駆け上がり、今すぐ達しなければ命がなくなるかのように、最重要事項として台頭する。

「く、ぅ……」

きちんと言えていただろうか、何を言っているのか間違いなく伝わっただろうか。

口から出た言葉が意図した通りのものだったか自信が持てない蕾は、龍神の手で下着を下ろされても抵抗できなかった。

「や……あ、ぁ」

嫌だと拒もうとしても声にならず、ウエストゴムを掴む余裕もない。

苦しがっていた昂ぶりが自由を得て、透明な雫(しずく)を散らした。

腹も胸も首も、達する前から淫(みだ)らに濡れる。

「りゅ……っ、あ……！」

龍神様、それはいけません——と止める間もなく片足から下着を抜かれ、聳(そび)える物を口に含まれた。剣蘭の提案を受け入れて心の交流を重視し、恋愛を愉しむのではなかったのかと抗議しようにも、達きたい欲求が強過ぎる。

——常盤……っ、常盤と同じ……唇が……！

肉感的な唇に挟まれ、熱く蕩ける粘膜で締めつけられる。

相手が龍神だとわかっていても、その唇に対する愛情を消し去ることはできなかった。

現状を把握していて、冷めている部分もあるのに、今は常盤の唇や舌に甘えたい。

「く、ぁ……あぁ——ッ」

膝や内腿を押さえつけられ、奮える物を根元まで吸い込まれた。

視界に入っていた薔薇の赤い色も、白だか黒だかわからない世界に呑み込まれる。

四肢がどこにあるのかも把握できず、反射任せに弾けた体がシーツの波を泳いだ。

「ハ、ア……ハ……ッ」

解放感について龍神に語った身で、肉体の解放感に酔いしれる自分を、俯瞰で見ている感覚がある。媚態を見せながら強請る行為は下劣だが、恥じることはないと思えた。

快楽に流されて曖昧なところはあるものの、言うべきことは言えたはずだ。

「あ、ぁ……龍神、様……ぁ」

くわえられたまま、ごくりと喉を鳴らされる。

薔は桃色に染まった肌を晒しながら、最後まで善がった。

清浄な朝日が射し込む部屋で秘めた所を暴かれようと、神が相手ならば耐えられる。

何より、こうすることが常盤奪還に繋がるなら、どんなことでもしてみせる。

「薔……お前の精の味の、なんと美味なことか」

甘みに飢えた王鱗学園の生徒が、甘味日に支給される水飴を舐めるように精を味わった龍神は、恍惚の表情で感嘆する。

そうして覆い被さってきたかと思うと、脈打つ雄を脚の間に押し当ててきた。

「お前の言うこと、尤もだと思えてきた」

耳元に囁かれた瞬間、薔の胸に光が射す。

朝日よりも眩い希望の光が、このままどうか消えないようにと切に願った。

「榊と楓雅を呼んで、封隠窟の情報の継承者かどうか訊いてみよう。教祖の正当な権利を振り翳せばよいだけの話だ。封隠窟の場所が判明した暁には、契状を破棄する。私は、帰りたくなったらいつでも帰れる身になるのだ」

「龍神様……っ」

「言っておくが、こうして常盤の体を我が物にした以上、わざわざ契状を破棄するまでもなく、この体が死ねば私は自由になれる。下々の世界に縛られることなく、どこへなりと行けるのだ」

「――っ、契状を破棄しなくても、体が死ねば……自由に？」

「そうだ。もちろん契状を破棄したからといって早々に天神界に帰る気はないぞ。ただ、お前の言う通り真の解放感を得たいとは思っている。人間との契約に縛られたままでは、神としてあまりにも情けないからな」

自嘲気味に苦く笑う彼の表情は、皮肉っぽい顔をする時の常盤にそっくりで――薔は無心に両手を伸ばした。ぎゅっと抱きつき、引き寄せて耳元に唇を埋める。

「ありがとう、ございます」

すぐに帰る気がないとしても、まずはいつでも帰れるようにすることが大事だ。

実現できれば、大きく前進したことになる。榊の命を危うくする道を歩もうとしている自分を肯定するのは難しいが、たとえ何を犠牲にしても進まなければならなかった。

白薔薇が血に染まる悪夢が現実になろうとも、常盤を選ぶしかないのだから。

「可愛い薔、契状の件はさておき、美味な精を味わったら陽物がはち切れそうになった。お前の中に入りたいが……求められぬ限り交わってはならないのだろう？　せめてお前の温かい手で、滾る物を解き放ってくれ」

「――は、はい」

龍神の首や肩に腕を回し、抱きつきながら、薔は小さく頷く。

龍神に元の世界に戻ってもらい、空っぽになった体に常盤の魂が戻れば、この体に同じことができる。そう考えると、奉仕をするのも嫌ではなかった。

手指にまで希望が満ちて、今はただ、常盤のことだけを考えていられた。

8

龍神が教祖常盤として榊と楓雅を呼んだのは、同日夕刻だった。

日中は先輩神子が新神子を歓迎する式典があり、汚らわしい黒龍ごっこを見てしまった翌日に神子達に囲まれるのが不快だった薔は、媚びへつらう笑顔に焦点を合わせることもなく、無機質な人形のようにやり過ごした。

新人でありながら最高位神子で、教祖の愛妾でもある自分が妬まれているのは自覚していたが、彼らにどう思われていようと今となってはどうでもよかった。

この先も彼らが不本意な儀式に苦しむなら同情するが、龍神が常盤の体に降りていて、さらに契状を破棄しようとしている以上、神子が不特定多数の男に抱かれる必要はない。

八十一鱗教団は託宣を得られなくなり、当然ながら儀式も成り立たないのだ。

元陰神子の紫苑への非道な行為や、それに端を発した常盤の事故の件もあり、薔は神子達に対する暗い感情を予てより秘めていた。自身が不正を働いている陰神子の身で恨める道理がない――と、感情を抑制していたのが正直なところだ。

儀式から解放された彼らが、常盤の愛妾の座を狙って百足ごっこにしか見えない痴態を繰り広げていたことで、今は嫌悪感が強まっている。

黒龍ごっこに参加していなかった桃瀬や杏樹に対する侮蔑はないが、安っぽく媚びないからこそ余計に、現状では彼らを油断ならない相手として警戒する気持ちもあった。

自分への龍神の愛情が冷めた時、彼を真っ先に掠め取るのは、強かなあの二人だろう。

龍神が別の誰かの体を使っているなら誰を愛そうが知ったことではないが、常盤の体を使っている以上、その愛は譲れない。

「私の可愛い神子達が懸命にお前の機嫌を取ろうとしていたというのに、お前は酷く気に入らないようだったな」

夕刻になって謁見の間に移ると、龍神はくすくすと笑いだす。

薔にしてみれば、ここで榊と楓雅に会える時間が待ち遠しく、それが今日のすべてと言ってもよかった。

榊を犠牲にしてでも、常盤奪還のために前進すると決めたのだ。

謁見時間が迫るにつれて罪悪感が強まったが、迷いはなかった。

「教祖様、薔様、南条家の楓雅様と榊様が控えの間でお待ちです」

紗で囲まれた謁見の間に、正侍従の声が響く。

薔は銀糸の薔薇刺繍が施された白い長衣を着て、黒い羽二重姿の龍神と共に御座所に座っていた。舞台裏と言いたくなる通路を抜けてここに来たが、楓雅や榊は壁泉の廊下を通ってくるだろう。

彼らが立つことになるのは、昨夜黒龍ごっこが行われていた辺りだ。なんの痕跡もなく磨き抜かれた床を見下ろしながら思いだしてしまったが、薔は努めて忘れようとした。

「薔、緊張しているのか？」

「いえ、そういうわけでは」

　昨夜のあれを見ましたよとは言いたくない薔は、龍神の隣で衣の裾を握り締める。それぞれに脇息が用意されているものの、榊と楓雅の前で神子然として寛ぐことなど到底できず、座布団の上で正座していた。

　如何なる姿勢を取ったところで兄二人を高みから見下ろすことに変わりはないが、気を悪くせずに理解を示し、それどころか案じてくれると信じている。榊に関しては何もかも知っているわけではないが、楓雅の心根はよくわかっていた。

「南条兄弟の前では、私は特に気をつけて常盤らしく振る舞う。お前もそれに合わせろ。私と少し距離を置き、『常盤』と呼び捨てにして、くれぐれも敬語など使わぬように」

「……どうして、二人の前では特にそうする必要があるんですか？」

　常盤のことをよく知っていて、見破られる可能性が高いせいか——と考えた薔の隣で、龍神は呆れた顔をする。常盤が薔に向けることはあまりない表情で、「お前はそんなこともわからないのか？」と言いたげだった。

「いつ死んでもおかしくない病を抱えた男が、運気を左右する神と縁を切ると思うか？」

「――っ、すみません……愚問でした」

「私はあくまでも教祖常盤として、秘密を継承する権利を行使するしかない」

そうだ、確かにその通りだ。そう考えるとますます心苦しいが、今は榊達を騙してでも封隠窟の情報を得なければならない。

八十一鱗教団では神子の上に教祖がいて、その遥か上に神がいる。

当然ながら神の命令は絶対だが、契状に関しては別だ。封隠窟の情報を知る人間の口を割らせるためには、「神を吸収して一体化した常盤」を装うしかない。

「榊だけではない、楓雅にしてもそうだ。あれは視力低下に悩み、失明を恐れている」

手を伸ばせば辛うじて届く距離に座っている龍神の言葉に、薔は耳を疑う。

聞き間違いだと本気で思い、「今なんて？」と訊き返そうと思ったが、そうするまでもなく確かに「失明」という言葉が頭の中で響いていた。

「ああ、お前は知らなかったな。楓雅は十代の頃から視力が低下し、原因もよくわからず治療法もないまま、このままでは失明の恐れありと診断されたのだ」

「そんな、楓雅さんが……失明？」

「あの兄弟は己のためにも相手のためにも、運気上昇を願っている。私と縁を切りたくはないだろう。椿も同じく、私に対して南条兄弟の無事を常々祈っているのだから、当然、契状を破棄するなど考えられないはずだ」

頭を殴られたような衝撃に、目の前が真っ暗になる。本当にしばらく何も見えなくて、失明するとはどういうことか、それを具体的に理解するために起きた現象に思えた。

やがて謁見の間の隅から隅まで捉えられる状態に戻ったが、楓雅の視力ではこうはいかない。元より彼は視力があまりよくないことを公言していて、常に眼鏡を携帯していた。

「楓雅さん……以前からずっと、目が悪いとは言ってたんです。でも、そんな深刻な話だなんて言ってなかったし、俺は……」

知らなかった、気づけなかった。あんなに仲がよく、一緒に過ごした時間がたくさんあったのに。人違いをすることが時々あると聞いても、特におかしいと思うこともなく、あんなになんでもできる人なのに目が悪いなんて、玉に瑕だな、大変だな——と、少しの同情を寄せていただけだった。

「椿さんは、何もかも知っていたんですか？」

「ああ、椿は神子になった時からずっと、楓雅の視力低下を防ぐために体を張っている。そのためなら、どんな恥辱にも耐えられる精神力の持ち主だ」

龍神の言葉を聞いていると、これまでの自分の思考が大きく捻じ曲げられていく。

十代の頃から続いていた楓雅の苦悩、長きに亘る椿の献身。それを利用して椿を弄んだ蘇芳の罪と、愛する人を守りきれずに守られ続けた楓雅の無力感——血潮が逆流するかのように、これまでの認識が変わっていく。

楓雅と椿の間に、蘇芳や常盤が割り込むことがあったにせよ、二人の想いは消えなかったのだ。体が別所に分かれても、表面上は仲違いしているように見えても、心の奥ではお互いの想いを信じ、揺るぎなく結びついていたのかもしれない。

常盤と椿の肉体的な繋がりを知り、根底にある事情に気づかず妬心を燃やしていた自分が、たまらなく滑稽に思えた。

「あ、そう言えば……」

衝撃で血が巡り過ぎた体が熱くなるのを感じながら、薔はふと、降龍殿で耳にした龍神の言葉を思いだす。聞いた時、ほんのわずかに引っかかりを覚えたというのに、他にも気になることがたくさんあって流してしまった言葉だった。

「先日降龍殿で……常盤が龍神様との契状破棄を躊躇ったのは、榊さんのためと、あと、『ついでに楓雅のため』とか、そんなようなことを仰ってましたよね？　あれはつまり、常盤は楓雅さんの目に問題があるのを知っていて、あの兄弟のために決意が揺らいだって意味だったんですか？」

「如何にも。主体は命が懸かっている榊の方だが、常盤は楓雅の視力低下に関しても気を揉んでいた。不正でも殺しでも、必要とあらば手を汚す男だが、善良な人間の不幸を願うことはないからな。榊が病を理由に教祖候補から脱落したことも、常盤にとって喜ばしい話ではなかったのだ」

「あの時は、聞き流してしまいました。龍神様が、榊さんと楓雅さんが邪魔になるとか、死なせれば済むとか、そう仰っていた意味を……俺はきちんと理解してなかった」

もしも封隠窟の場所を常盤が早々に聞かされていたら、龍神は榊と楓雅を用なしと判断して殺してしまったのかもしれない。そうなれば常盤は悲憤に暮れただろうが、ますます神と縁を切りたくなり、予定通り封隠窟に向かっただろう。

そして契状を見つけだし、破棄して、神を天神界に帰していたはずだ。

その後は神に頼れない教団の教祖として、誰に詰(なじ)られようと我が道を進み、学園や教団改革に力を入れていたに違いない。

――そうなってたら、常盤は乗っ取られずに常盤のままでいられた。でも、だからといって榊さんや楓雅さんが殺されていたらよかったなんて、思えるわけがない。

今、常盤の意識が彼の体にないことは酷く悲しい。

その一方で、榊や楓雅が生きていることは嬉(うれ)しい。

どちらも正直な気持ちであり、過去についてこうだったらよかったのにとは望めない。

今自分が考えるべきは、これから先のことだけだった。

「龍神様が……榊さんや楓雅さんの病気を、治すのではなく……二人を殺してしまおうと考えたことからして、凄(すご)く難しいのは察しがつきます。でも、どうにかして二人を助ける方法はありませんか？」

訊いてはみるものの、容易でないことはわかりきっていた。

榊にしても楓雅にしても始祖竜花の子孫であり、健康面以外は恵まれている。

どう考えても龍神に嫌われる人間ではない。ましてや、神が可愛がる神子のうち少なくとも三人――薔と椿と南条一族出身の神子が、好意的な想いを寄せている相手だ。

特に椿の楓雅に対する想いは強いというのに、龍神は楓雅の目の問題を解決するのではなく、「常盤の決意を鈍らせるなら殺してしまおう」と考えた。

それを思い留まったのは、楓雅が封隠窟の情報を知っている可能性が高く、殺してしまうと契状破棄ができなくなるからだ。

つまりそれだけ、榊や楓雅の健康問題を解決するのは難しいと考えられる。

「薔、お前は私が南条兄弟の病を治すのは難しいと決めつけているようだが、私が本気で力を揮えばそれなりの結果は出せるぞ。神とて万能ではないが、無能でもないからな」

「……っ、それは、本当ですか？　二人の病気を治せるんですか⁉」

「それなりにと言ったはずだ。完治は望むな」

無理は承知で口にした言葉に思いがけない返事をもらい、薔は我を忘れて食いつく。

興奮のあまり心臓が羽ばたきそうだった。

少し間を空けて座っている龍神の胸に、がばりと飛びつきたくなる。

「ありがとうございます！　完治じゃなくても、医学で起こせない奇跡を起こせるなら、今日にでも……今ここに二人が来たら、すぐにでも治してあげてくださいっ。そうすれば常盤の振りをしなくても話ができるし、契状破棄に協力してくれると思います」

「いや、待て。そうすることになんの意味があるのだ？　私は確かに契状を破棄したいと思っているが、それは必ずしもやらねばならないことではない。必死になる必要は微塵もないのだ。常盤として振る舞い、教祖の権利を行使して情報を聞きだす方が余程楽だ」

龍神の主張は間違いではなく、封隠窟の情報を得るという点に於いては最もスムーズな手段に他ならないが、薔は賛同できなかった。頭ごとぶんぶんと左右に振り、「それじゃ二人を騙すことになります。いい方法じゃありません」と否定する。

「楓雅さん達を騙すのは、やっぱりよくないです。そんなことをして封隠窟の情報を得るより、ちゃんと正直に話して利害関係を一致させ、『病気を治す代わりに封隠窟の場所を教えろ。契状を破棄することにも反対しないと約束しろ』って言えば済むことです」

「……だから、そうすることになんの意味があるのかと訊いているのだ」

「意味？　意味は、その……筋を通した方が気持ちがいいからです」

今この瞬間、人生の残り時間が限られている榊と、視力低下に悩む楓雅が控えの間で待っていると思うと、薔はじっとしているのがつらくなる。

頭の中に秒針のうるさい時計があるかのように、気が急いて仕方がなかった。

「お前が言う気持ちよさが私にはわからない。性の快楽とは異なる話だな？」

「まったく違います。そういう即物的なことじゃなく、もっと大切なこと。あ、それこそ剣蘭が言ってた『幸福感』とか『生きる醍醐味』です。心が感じる、気持ちよさ……道徳意識に基づいた行動を取り、正しく生きることで得られる喜びや自己肯定感は、凄く人間的なものだと思います」

自分の説明が的確かどうか、自信がない部分は多々あった。

剣蘭のように、上手く龍神の心を動かせるかどうかもわからない。

そもそも、淫事を好み人の命を奪う邪神に等しい神に、道徳心を期待するのもおかしな話ではある。それでも、素直な面を持つことを知った今となっては、一か八か賭けずにはいられなかった。

「自己肯定感……それは私に必要なものなのだろうか？」

「すでに十分あるとは思いますが」

「そう、むしろ肯定感しかないのだ。私は私を最高だと信じて疑わない存在なのだから。正しいも悪いもなく、好きか嫌いか……己の感覚に従えばそれでよい。自己を肯定するという点で言えば常盤も大したものだが、それでも自己嫌悪に陥って苦しむことはあった。そうして上下に揺れることが、人間らしさというものか」

「その通りです。自信に満ちて常に自己肯定感を得ている龍神様が、善行に勤しむことで『人間としてもちゃんと生きてる自分』を肯定できるかもしれないし、人間的な道義心を身につけたら、過去の行いを振り返って自己嫌悪に陥るかもしれない。そういう揺らぎや悩みがなくちゃ人間らしくないと思うんです。何事も経験ですから」

わずかに生じた隙をつくように攻め入る薔の言葉に、龍神は黙って首を傾げた。

さてどうしたものか……と考え込む顔をして、今にも「うーん」と唸りそうだったが、実際にはひたすら無言で考え続けている。

脇息の陰には呼び鈴が置いてあり、謁見の間の外では、正侍従が鈴の音を今か今かと待っていることだろう。

南条一族出身の正侍従だったので、内心では「いくら神憑きの教祖様とはいえ、うちの楓雅様と榊様をいつまでもお待たせするなんて」と苛立っているかもしれない。

薔の頭の中でも相変わらず秒針が鳴り響いていた。

一秒より速いペースでメトロノームさながらに煩わしかったが、焦りは禁物だ。

言うだけのことは言ったのだから、納得いくまで考えて答えを出すのを待つべきだ。

ぐっと歯を食い縛り、長衣の裾を摘まみつつ待っていた薔は、遂にその時を迎える。

龍神はゆっくりとこちらを向くと、さらに時間をかけて唇を開いた。

「薔、お前の提案に乗ってもよいが、二つ条件がある」

「──条件？　二つ、ですか？」

「まず一つ目だが、順序を逆にしろ。榊と楓雅に封隠窟の情報を喋らせ、契状破棄に協力させるのが先だ。私が竜花との契約から解き放たれ、真に自由を得た暁には、可能な限り二人の病状を回復させせよう」

　龍神が出した一つ目の条件は、言われてみれば当然のものだった。

　契状を破棄するのが何年も先というなら話は別だが、すぐに動きだすのであれば、神の利が優先されるべきだろう。

「わかりました。楓雅さん達にも、その線で話をしましょう」

「うむ。しかし私にとって肝心なのはもう一つの条件だ」

「……はい」

「二つ目の条件は、お前が常盤の魂を諦めることだ」

　常盤の顔で無理難題を口にした龍神は、元の持ち主とは唯一違う紫の瞳で、愕然とする薔を射貫いた。

「口ではなんと言っていても、お前の本当の目的はわかっている。契状を破棄して、私がいつでも天神界に帰れる状況にすることで、私の気が変わるのを期待しているのだろう。確かに気が変わらないとは言いきれないが、それを期待されるのは不愉快だ。私はお前と恋愛をしようと努めて清く生きているのに、お前は私を追いだすことばかり考えている。常盤の魂は消滅し、今生には戻ってこないのだということを認めようとしない」

「龍神様……っ」

「私がこの世界に留まっているから、常盤の体は生きていられる。私が天神界に帰れば、お前は常盤の魂に続いて、肉体まで失うのだ。その事実を認め、受け入れろ。私はお前に『早く出ていけ』と祈られたくはない」

向けられた言葉は鉛で出来た矢のように、蓄の胸を突く。

そのまま体内に残り、体の芯を重くした。

自分に好意を寄せてくれる人の心を傷つけてしまったかのようで、自責の念が疼いて仕方がなかった。龍神を心ある一人の人間として考えれば、彼の言い分は尤もだ。

しかし、常盤の魂は不慮の事故で肉体を離れたわけではない。

この男が、この神が奪ったのだ。まるで、主がいなくなって死にかけていた常盤の体を救ってやったかのように恩着せがましく言われても、怒りが募るばかりだった。

――実際には肉体を離れてなんかいない。消滅してもいない。ただ眠っているだけだ。

俺は、絶対に諦めない。

道徳意識や道義心を龍神に求めた口で、蕾は「はい、わかりました」と答える。

それだけでは信憑性が薄いと思い、「常盤を諦めるなんてすぐには無理ですが、できる限り努力すると約束します」と続けた。この嘘で、心を痛めたりはしなかった。

自ら「常盤の魂を殺して、すべてを奪った」と言っているのも同然の略奪神を相手に、敬語を使って微笑を向けて、機嫌を取っている自分を、今は全面的に肯定できる。

剣蘭が龍神の性的な行為を抑えてくれたことも大きいが、常盤を助けるためだと思えば如何なる行動も嘘も肯定できた。

常盤もきっと許してくれると、信じているから立ち向かえる。

「交渉成立だ。では客人を迎えよう」

薔の答えを真に受けたのか否か定かではないが、龍神は呼び鈴を鳴らした。

一旦控えていた正侍従が用件を聞きに来ると、龍神は「楓雅と榊を通せ」と、まさしく正侍従が待ち焦がれていた言葉を発する。

そのあとは大した間もなく、壁泉の廊下から足音が聞こえてきた。

入り口に重ねられた紗の向こうから、楓雅、榊の順で姿を見せる。

長兄は榊だが、南条家の当主は楓雅なので、今はなんでも楓雅が先だった。

「教祖様には御機嫌麗しく、恐悦至極に存じます」

秋物のスーツ姿の二人は、揃って謁見の間に入るものの、すぐに御座所を見上げたりはしない。まずは入り口付近で楓雅が代表として挨拶をして、二人揃って一礼した。

一人でも目立つが二人揃うとより一層華やぎ、ただそこにいるだけで周囲を明るくする豪華なブロンドの兄弟は、見るからに睦まじい。謁見の間に先に入りつつも、兄のために入り口の幕をさりげなく手で押さえる楓雅の気遣いや、声に出さずとも感謝が伝わる榊の表情や手つきが、二人の人柄と関係性を物語っていた。

楓雅は御座所を見ぬまま「本日はお招きありがとうございます」と言うと、三歩進んで床に膝をつき、低頭する。

これが教祖と謁見する際のマナーだということを、薔は侍従から聞いて学んでいた。

このような仰々しい挨拶は儀礼的なものに過ぎないとわかっていたが、楓雅や榊を高みから見下ろすのはやはり抵抗がある。

「楓雅、榊、このように堅苦しい謁見は初めてだったな。常盤はお前達と会う時は特別に、謁見ではなく単なる会合として時間を取っていた。教祖とはいえ、南条家を引き立てる約束になっていたからな」

龍神が二人に向かってかけた言葉に、薔は息をするのも忘れるほど愕然とする。

常盤の振りをせず、龍神として接するという話になってはいたものの、まだ顔も見合わせていないうちから、いきなり龍神然として語り始めるとは思っていなかった。

「常盤？」

許可を得ていないにもかかわらず、榊は顔を上げ、幽霊でも見たような顔をする。

楓雅もまた、「常盤さん？」と声を漏らし、常盤と薔の顔を交互に見た。

兄弟らしくはあっても、温室育ちの白い花のように柔和な長兄と、静かなる獅子の如き次兄は、揃いも揃って耳を疑い、目を疑い、それぞれあらゆる可能性を頭の中で展開しているのだろう。信じたくない考えに行き着いては戸惑い、否定しているように見えた。

「薔、これはどういうことなんだ？　常盤さんは、神と一体化して目の色が紫のままになったってだけじゃないのか？」

「常盤は……っ、常盤の意識は⁉」

皆まで言わずとも、二人は龍神の言葉から現状を察している。

そもそも常盤の意識が健在なら、楓雅や榊になんの相談もなく薔を神子として公表するわけがない。特に、薔が陰神子だということを知っていた楓雅からすれば、常盤の行動は俄には許し難いものだっただろう。

神憑きだの一体化だのという話ではなく、龍神に完全に乗っ取られているのでは……という疑いを楓雅はここに来る前から持っており、おそらく榊も疑念を抱いていたはずだ。

「楓雅さん、榊さん、こちらにおられるのは、俺達が崇め奉ってきた龍神様です。常盤の意識は……魂は、消滅したと仰っています」

薔は自分の気持ちとしてではなく、あくまでも龍神が勝手に言っていることを代弁しただけという認識の上で説明する。神子が発する言葉は言霊として働き、神を動かす呪詛になり得るという考えがあったが、神が横にいる今は恐れるまでもない。

楓雅は動揺しながらも立ち上がり、一方で榊は、片膝をついていることすらできなくなって床に崩れた。

「兄さん！」

薔が「榊さん！」と声を上げるより少し早く、楓雅が榊の体を支える。

二人の距離が狭まるとよくわかるが、白人の血が強く出た兄弟でありながらも、彼らの肌の色味は対極だった。特に今は顕著な差がある。赤い血が通っているのが目に見えてわかる楓雅と、青い血が流れているのかと思うほど青白い榊。楓雅は視力の問題を抱えているとはいえ見た目は健康そのものだが、榊の唇には死の色が差していた。

ここに来た時からそうだったわけではなく、常盤の魂が消滅したと聞いて心を裂かれたからこそ頽れて、たちまち青くなってしまったのだ。

「兄さん、兄さん大丈夫ですか？　すぐに医師をっ」

「龍神様、今のは……今の薔の言葉は本当ですか!?」

楓雅に支えられ、喋る気力もないように見えた榊は、薔が驚くほどの声を出す。

楓雅も榊らしくない狼狽ぶりに戸惑い、「兄さん、ひとまず落ち着いてください。体に障ります」と背中を摩っていた。

「お答えください、龍神様……貴方が本当に我々の神であるなら、どうか常盤の魂を……その体にお戻しください。常盤にお慈悲を……彼は誰より貴方を悦ばせることができる、この上ない憑坐ではありませんか」

楓雅が止めても榊は聞かず、酷く取り乱す。黄金色の瞳は滂沱の涙に濡れて、これまで泣くのをこらえてきた薔を道連れにしかけた。

――榊さんからしたら、ずっと好きで……でも手に入らなかった人の魂が、急に消えてなくなったと告げられた状況なんだ。

予想だにしなかった榊の嘆きを見ていると、薔は自分こそ泣きたいと思い、逆に泣いてたまるかとも思った。常盤の魂は眠っているか彷徨っているだけで、生きていると信じている。その信念がある以上、死を嘆くような泣き方は絶対にしたくない。

許されるものならば、今この場で「常盤は生きています！　龍神様が消滅したと言っているだけで、そんな証拠はどこにもない！　必ず戻ってくると俺は信じてます！」と叫びたかった。

確証もなく信じているというだけの宣言がどれほど力になるかはわからないが、少なくとも自分は、彼らが常盤の魂の生存を信じてくれていたら嬉しい。常盤を取り戻すために一緒に行動してもらえたら、信じる想いも一層強固になると思えた。

「榊、お前はわかっているようでわかっていない。常盤は確かに理想の憑坐だが、抱いた神子の数は少なく、頻度も低い。そのうえ、これまでの私は常盤の体を思い通りに動かすことができなかった。ただ憑依しているだけの状態が如何につまらないことだったか、今しみじみと感じている。常盤の体を自由にできる喜びを捨てるなど、考えられない」

龍神は榊に向かって淡々と語ったが、榊は何も言えずに床に膝をついたままだった。

威勢と呼ぶにはあまりに痛々しかった先程までの勢いは、すでに折れてしまっている。

身勝手な龍神の言い様と、神と直接会話している事実に気を呑まれたのだろう。楓雅に預ける重みを増やし、涙なのか冷や汗なのか、区別のつかない雫を頬に滑らせた。

「そもそもお前の言う慈悲とはなんだ？　常盤の魂はすでに消滅している。私がこの体を返そうと思っても、返す相手はいないのだ。来世に関して影響を及ぼすことはできるが、それには相応の時間が必要になる。お前達が生きているうちに蘇らせるのは不可能だ」

常盤の姿をした龍神の口から、常盤の声で決定的な言葉をいくつも投げかけられ、榊の魂まで危うく見えた。

医師に宣告された余命を過ぎても彼が生きていられたのは、常盤への終わりなき恋と、南条家を守る次期当主としての立場があったからなのかもしれない。

そうだとしたら、南条家当主の座を楓雅に譲り、教祖選での常盤擁立に成功した今――家に関しては肩の荷が下りて、生き甲斐とまでは言えなくなっている可能性がある。

常盤こそが榊が生きる理由であり、それ故に諸刃の剣ともなり得るのだ。

「榊さん、楓雅さん！　常盤の魂の件は、一旦……一旦保留にして、俺からお願いしたいことがあります」

このまま放っておいたら榊が本当に息絶えてしまいそうで、薔は御座所ですっくと立ち上がる。そのまま話を続けるつもりだったが、立つことでさらに見下ろしている感が強くなり、階段を下りたくなった。

――そうだ、ここから下りてもう少し距離を詰めれば！

薔の中に一つの閃きが走り、次の瞬間には裾を摑む。

白い衣を抱え込んで雑にまくり、衝動に見せかけて階段を下りた。御座所から謁見者のフロアまで、各段の奥行きが広い階段を下りきって、その場で足を止める。

「薔……」

龍神に断りなく楓雅の前に立った薔は、しかし背後から注がれる視線を忘れなかった。

龍神の機嫌を損ねないよう、楓雅達と同じフロアに立っても十分に距離を取る。

「楓雅さん、榊さんも、龍神様と俺が相談して決めた話を聞いてください。龍神様は……常盤の体を使って人としての人生を全うしたいと、そう仰っています。でもその一方で、始祖の竜花様と結んだ契約を破棄して、いつでも天神界に帰れる自由を得たいとも思っておられます。そのためには、契状が収められている封隠窟の情報が必要なんです」

たったこれだけの言葉で、楓雅と榊は、自分達が何故ここに呼びだされたのか、今この場で何を言わなければならないのか察しているだろう。

そしてきっと、龍神が天神界に帰った場合のことまで想像しているはずだ。

自身の命や視力のことではなく、おそらく楓雅は榊の命を、榊は楓雅の目のことを真っ先に考えて――龍神から与えられる運気を失ったらどうなってしまうのかと、相手の身を案じている。

「封隠窟に行って契状を破棄したあと、龍神様は榊さんの病気や楓雅さんの目に関して、なるべくよい結果に繋がるよう可能な範囲で御力を貸してくださるそうです。俺と、そう約束してくださいました」

　二人が抱える病のために力を貸してもらうには、契状破棄だけではなく、薔が「常盤の魂を諦めること」も条件になっているが、それについては言えなかった。

　病気の治癒に関しても、「完治」や「治る」といった言葉を使うのは避け、希望を持たせ過ぎないよう控えめに言ったが、口にしたあとになって、かえって残酷ではなかったかと不安になる。

　神の力を以てしても、「完全には治らない」という現実を突きつけたも同然で、結局は二人の希望を削いだのかもしれない。

「薔、俺の目のことを……龍神様から？」

　その問いに薔が答える前に、龍神自らが「私が教えた」と答えた。

　御座所で独り寛いだ姿勢のまま、同じフロアにいる三兄弟に目を向ける。

「薔の言葉通り、お前達の病に関して私に過剰な期待はするな。死んだ者を生き返らせることができないように、不可能はある。お前達の病も同じこと。私があえて運気を下げて患わせたならともかく、そうではないのだ。悪しきものはすべて楠宮から来ている」

　降り注ぐ龍神の言葉に、薔は弾かれたように身を震わせる。

前教祖の楠宮を父に持つ兄弟三人揃って、同じ驚きを共有しているのを感じた。

「お前達の父親が多くの人間に妬まれ、憎まれ……特に、女児しか孕めなかった女を捨て去り怨みを買った結果、榊と楓雅の体は蝕まれていった。血の絆が引き寄せた因果というものだ。楠宮は月に数回神子を抱いて運気を上げ、自身は難を逃れてきた。薔に関しては説明するまでもない。楓雅は患ったあとに椿に守られ、おかげで失明は免れている」

他人事のように――実際に他人事だが、南条家の兄弟に情を見せる常盤とは違う表情で語る龍神は、今も床に膝をついている榊に目を留めた。

「榊、お前に関してだけは違う。私は、神子を抱かぬお前の運気を上げていない。お前は父親のせいで不治の病に苦しみながらも、己の意志の力で生き延びてきたのだ。つまり、私が何を言いたいかわかるか?」

龍神が常盤の姿で延々と話しているせいか、榊は「常盤……」と呟く。

精神的なショックで混同し、常盤の体が乗っ取られていることを一時的に忘れたのかと思えば、「常盤っ、どこにいるんだ?　その中で眠っているのか?」と、龍神に向かって問いかけた。

常盤が消滅したと告げられた時ほどではなくなっていたが、今も顔色は悪い。

常盤の魂が龍神の意識の向こうに眠っていると考えることで、生きる気力を保とうと必死になっているようだった。

「楓雅、お前の兄は気が触れたようだ」

「龍神様……っ、そういうことではありません。兄が常盤さんの生存に希望を持つことは龍神様にとっては御不快かもしれませんが、生きるために必要なことです。どうか御容赦ください。それと先程仰っていたことの意味ですが、『これまでとは違って神恩を賜れば、ある程度は改善し、長く生きられる』と、そう捉えてよいのでしょうか？」

榊の体を抱き寄せながら問う楓雅に、龍神は即答を避けた。

脇息に肘をつきつつ、「人の命のこと、絶対とは言えぬが」と答える。

都合のよい言葉を適当に並べて騙す気はないようで、その表情には本物の常盤と見紛うばかりの慎重さが見られた。

「お前達のどちらか、或いは両方が封隠窟の場所を知っているなら、私にそれを教え、契状の破棄に協力しろ。それが成し遂げられた暁には、榊の心の臓の病と、お前の目の病を可能な限り治してやる。効果のほどはやってみなければわからないが、神である私がここまで言っているのだ。よもや断るなどということは、ないだろうな」

最後の一言は、薔の健康な心臓ですら縮み上がるほどの脅威を秘めていた。

ただ単純に、刃物を突きつけられて「逆らえば殺す」と威されるのとは違う。

天罰を与えられるから怖いというだけではなく、逆らいたくても逆らえない何かが、血管を流れる血の如く巡っていた。

認めたくなくても、この神こそが自分達の神だ。凄み、威すほど本気で求められたら、拒むのは難しい。ましてやこちらにとって好条件の取引でもある。

――契状が破棄されれば里心がついて、龍神様は天神界に帰りたくなるかもしれない。そうすれば常盤の魂が眠りから覚め、元通りになる可能性は高い。俺はそう信じる。

兄弟三人にとって意味のある取引を、薔は突き進めることしか考えられなかった。

榊も楓雅も当然話に乗ってきて、断るわけがないとすら思った。

実際に楓雅は承服顔をしていたものの、意外にも榊が「龍神様、恐れながら」と割って入る。

「今のお話、一筆……認めていただけないでしょうか」

「兄さん！」

「榊さん！」

思いがけない榊の言葉に、薔は楓雅と共に声を上げた。

酷く驚いたあとになって、二つの意味で愕然とする。

一つは榊が神の言葉を鵜呑みにせずに、形に残る約束を求めたこと。もう一つは、そういった行為を自分がまったく思いつかなかったことだ。

――俺だけじゃなく、楓雅さんも求めてなかった。一般の社会人としての経験とか……そういうのもあるのかもしれないけど……でもたぶん、そういうことじゃない。幼い頃の記憶を奪われ、あの学園で育った俺達と……外の世界で育った榊さんでは、刷り込まれた信仰心が違う。育った環境も、すべてが違う！

不味いと思った瞬間、御座所の上から衣擦れの音がする。

龍神は体勢を変えて、がたんっと脇息を倒した。その手つきは明らかに故意だ。

薔の頭を過るのは、人間離れした輝きを放つ瞳と、剣蘭の心臓を痛めつけた紫の小さな稲妻だった。

「不愉快だ」

地の底を這うような声が、謁見の間に響き渡る。

その目が光る前に……神の力を繰りだす前に、止めなければならなかった。

止められるのは神子である自分だけで、榊が撤回しようと楓雅が謝罪しようと、事態は何も変わらない。

「私は竜花と契状を交わしたことを悔いている。約束通り十分愉しませてはもらったが、肉欲を感じても自由にならないもどかしさは常にあった。常盤の肉体を手に入れた今は、一層悔恨が深まっている。その私に再び人間と契状を交わせと、お前はそう言うのか」

「龍神様、榊さんを許してあげてください！　榊さんは常盤のことでショックを受けて、正常な心理状態じゃないんです。それにっ、封隠窟の場所を知ってるのは榊さん一人かもしれないし、楓雅さんと情報を折半してるってこともあり得ます！　榊さんの命を奪って封隠窟の場所がわからなくなったら取り返しがつきません！」

神子以外の人間にどれだけ情があるのかわからないが、蕾はまず情に訴え、そして榊の有用性を語った。

龍神とて忘れてはいないだろうが、情報継承者は榊一人ということもあり得るのだ。

前教祖は契状を破棄しようなどとは考えていなかったのだから、封隠窟の情報を誰かに教えておくことをそれほど重視していたとは思えない。

そして自分が任期満了前に死ぬとは微塵も思っていなかっただろう。

榊を溺愛していた頃に、榊にのみ伝え、愛情の対象が楓雅に替わっても、学生の楓雅に封隠窟の場所までは教えていなかった――そう考えた方が自然だ。

「龍神様、俺からもお願いします。神子ではない俺がお願いするのは厚かましいと、重々承知していますが、どうか兄を許してください。取引をすることになったら……俺の目のことは捨て置いて構いません。その分の御神恩のすべてを、兄に注いでください」

「楓雅……っ、何を馬鹿なことを！」

いつになく取り乱した榊は楓雅に縋りつき、「撤回しなさい」と窘める。

そしてすぐに御座所を見上げ、涙の謝罪を繰り返した。

「本当に、本当に申し訳ございません。私は、楓雅とは違って……父のそばにいながら、悪行の数々を止められませんでした。父が買った怨みで短命の身になったのなら、それは自業自得なのです。どうか、私のことはお見捨ていただき、楓雅の目を治してください。好きな人の顔を、一生ずっと見ていられるように……っ、治してあげてください」

楓雅に縋るのをやめた榊は、スーツ姿で床に手をつく。

似合わないその姿に、薔はかける言葉を失った。楓雅もまた、「兄さん」としか言えずに葛藤（かっとう）を見せる。土下座などやめさせたい弟としての気持ちと、龍神に対する謝罪行為の邪魔はできない信者としての立場の間で、心を痛めているのがわかった。

「榊、そのような無様な真似（まね）はやめろ。私に美しい兄弟愛を見せつけたところで、なんの意味もない。私は人間ではなく、お前達の性根を最初から知っているからな」

榊と楓雅に対して、龍神は嘲笑（あざわら）うように言った。

「なんの意味もない」と言いながらも、「不愉快だ」と凄んだ時に比べれば気が晴れた様子だったが、それよりも何よりも、薔には彼の発言が信じられない。

——性根って、榊さんのことはまだよく知らないけど、「お前達」ってことは楓雅さんと榊さんの二人ってことだよな？　楓雅さんの性根が悪いわけないのに……。

龍神が何を言っているのか理解できない薔は、自分が見てきた楓雅と本当の彼は違うのだろうかと、一瞬だけ考えてしまった。神の言うことは絶対なのではと、本当に一瞬だけ揺らいで……けれどもすぐに思い直す。常盤が消滅したことを信じないのと同じように、楓雅の性根についても、自分が捉えてきたものを信じていた。

学年が三つも違い、知らないこともたくさんあるけれど、それでもわかっている。

血が繋がっていることを知らなかった時から、彼のことが好きだった。

「龍神様、性根を知ってるって、いったいどういう意味ですか？」

訊くのは少し怖い気もしたが、薔は怒りの感情を隠さず籠(こ)めて龍神を睨(にら)み上げる。

自分達の性根を見透かされて嗤(わら)われた榊と楓雅は、おそらくこれまで経験したことのない誹(そし)りを受けて戸惑っていた。

「性根を知っているとは、つまり、善良な人間だということを最初から知っているという意味だ。思い悩むことや計算高く動くことがあっても、その性根は美しい。故にお前達の兄弟愛には新鮮味も感動もないのだ」

「――っ、はあ⁉　なんだよそれ！　紛らわしいこと言わないでくれ……ください！」

今度こそ本気で怒った薔が食ってかかると、龍神はくすくすと笑いだす。

機嫌が直ったようで何よりだったが、人を翻弄(ほんろう)して笑う顔は常盤にそっくりで、今にも「これまでのことは冗談だ。一芝居打ってみた」と言いだしそうだった。

それが事実なら涙を返せと言いたくなるだろうが、むしろもっと泣いてしまうだろう。

嬉しくて、でも腹が立って、結局は嬉しくて、涙が止まらなくなるはずだ。

しかし夢を見ていられないことはわかっていて――薔は再び先に進む道を選ぶ。

階段を下りる前に決めていた方法で、楓雅に自分の想いを伝えることにした。

『楓雅さん、取引に、乗ってくれ』

龍神に背を向けて、薔は唇だけを動かす。

薔が心因性の発声障害に苦しみ、治ったあとも障害を装っていた頃に、楓雅は読唇術を学んでくれた。この距離なら、口を大きくゆっくり動かせば読み取ってもらえるだろう。

すでに視線は摑んでいて、楓雅はこちらの意図を察したようだった。

『俺は、神が出ていけば、常盤の意識が戻ると、信じてる。生きていると、信じてる』

楓雅は薔の唇を注視しながらも、龍神の視線を気にしてなんの反応も見せなかった。

不自然だと思われかねない行動は取らずに、榊のことだけを気にしている振りをする。

「兄さん、大丈夫ですか？　下ばかり向いていると眩暈(めまい)が酷くなりますよ」

楓雅は榊に声をかけ、背中を摩りながら体を起こさせる。

断続的に薔の唇に目を向けるため、薔もそれに合わせた。

『常盤のため、榊さんのために、協力してください』

神に凄まれ、取引せざるを得ない状況にありながらも、まだ確たる返事はしておらず、情報の継承者かどうかも明言していない楓雅に、薔は自分の本心を伝える。二人が肝心なことを言わないのは、封隠窟の場所は龍神が相手でも明かせることではないからだ。

神と始祖が交わした契状を破棄すれば、龍神の気持ち一つで八十一鱗(くくり)教団は変わる。

龍神と交わることで御神託を得られる状況から一転、偶像を崇める無力な宗教団体になってしまうのだ。兄弟や自身の病状が改善するとしても、教団と信者の未来を考えると自分本位にはなれないのだろう。

「龍神様、契状を破棄した場合のことを質問させていただいてもよろしいですか？」

協力を仰ぐ薔の唇を読んでから、楓雅は意を決したように上を向く。

御座所で寛ぐ龍神を真っ直ぐに見て、「構わん」と許しを得た。

「ありがとうございます。恐れながら、神子様方のことが心配でなりません。龍神様が竜花様との契約に縛られずに自由になった時、神子様方はどうなるのでしょうか」

「お前が気にしているのは椿のことだろう？　案ずるまでもなく、私の神子は私が飽きるまで神子のままだ。気が向けばこの体で抱くだけのこと。もし万が一、私を拒む無礼者がいれば心の臓を止めてしまうかもしれないが……お前にとっては幸いなことに、今の私は薔と恋愛を愉しむことを優先している。肉欲に流され、他の神子に手を出す気はない」

「――薔と、恋愛を、愉しむのですか？」

龍神の言葉通り楓雅は椿の身を案じているようだったが、椿が無事に済むからといって薔が贄になる状況をよしとはしない。それは兄としても友人としても、楓雅の性格ならば当然の話で、薔が神子として公開されたことを含め、怒りが治まらないようだった。

いつになく悲憤を孕んだ目をしながら、それでも感情を抑えている。

「契状の破棄に、御協力させていただきます」

間を空けず、兄の意向も聞かずに、楓雅は龍神に向かって明言した。

楓雅が出した答えは南条家の当主として当たり前のもので、顕現してしまった龍神から直接求められている今の状況では抗いようがない。

ここで逆らっても教団を守ることはできず、楓雅にとって最も大切であろう椿を殺すと威されたり、封隠窟の情報継承者ではなさそうな家族や友人を殺されたり、あとあと早い段階で協力しておけばよかったと激しく悔やむ結果になるだけだ。

「封隠窟の継承者は、私です」

楓雅の言葉に続いたのは、榊だった。

ふらつきながらも自分の力で立ち上がり、楓雅と同じように龍神を見上げる。

「私は幼い頃……情報の継承者として選ばれ、父から情報を教えられました。封隠窟は、教団が所有する島の一つである、蒲牢島にあります」

蒲牢島という名を初めて耳にした薔は、蒲牢という名から龍に似た姿を想像する。

贔屓が龍の第一子で格別に愛される存在なのに対し、蒲牢は第三子だが、見た目は最も龍に似ていて、騒々しいほどよく吼え、その声もまた龍に似ていると言われていた。

「封隠窟が蒲牢島にあることは大方わかっていた。問題は島のどこにあるか、だ。常盤は私的な旅行を装い、蒲牢島に七回も探索に行っている。封隠窟さえ突き止めれば、教祖が継承する鍵などなくとも破壊して、契状を手に入れられると考えていたからだ」

常盤の名が出て息を呑むのは、薔だけではなかった。

楓雅も榊も同時に反応し、知られざる常盤の行動に驚かされる。

「私は常盤や同行者の運気を上げてやったが、私が私自身を解放するために力を揮っても効果はなかった。そのため常盤は教祖になって契状を手に入れ、破棄することに決めたというわけだ。ところが教祖選の直前、薔の兄であるお前達の病を知って思い悩み、契状を破棄せずに教団改革と学園改革だけで折り合いをつけられないかと考え始めた」

常盤が榊と楓雅を捨て置けずに初志貫徹を諦めたことを知り、当の二人は氷水を浴びたような顔で立ち尽くしていた。

常盤が何故こんな目に遭ったのか、そこに自分達の病が関わっているとは思っていなかっただろう二人が衝撃を受けている最中、龍神はさらに追い打ちをかける。

「常盤は私の後押しを受けて教祖になっておきながら、お前達のために私を裏切ったのだ。これまでに私が与えた運気によって得た薔も、教祖という地位も、そしてこの体も、私に捧げるのが当然というもの。紫苑に同情したがために罰が当たり、だいぶ懲りたかと思えば同じことを繰り返す常盤が悪いのだ。三度目の神罰で、遂に命を落とした」

常盤の魂は絶対に生きていると、信じる心すら揺らぎかねない龍神の言葉に、薔は己の力で耐え抜く。そして楓雅も耐えて——ただ一人、榊だけは折れてしまう。

「兄さん！」

再び倒れた榊は、飛びついた楓雅の腕の中で意識を失っていた。

自分のせいで常盤が命を落としたと言われて、耐えられない気持ちは薔にもわかる。

「案ずるな、気を失っているだけだ」

ぐったりと四肢と頭を垂らした榊を抱きかかえた楓雅は、薔と龍神の顔を交互に見て、

「常盤さんの選択に関しては、俺にも責任があります」と声を振り絞った。

「楓雅さん？」

「兄は、自分がいつ死ぬかわからないからと……俺に封隠窟の情報を教えてくれました。南条家の当主になった以上、新教祖に封隠窟の場所を伝えるのは俺の役目だったんです。常盤さんが契状を破棄したがっているのは薄々わかっていましたし、俺自身も……自分が教祖になった場合は破棄したいと、長年ずっと……密かに思っていましたから。本来なら就任式のあとすぐに、自分が情報の継承者だと名乗るべきだったんです」

楓雅の声は、時折わずかに震えていた。

後悔に押し潰されそうになりながら、兄を抱え、苦しい面持ちで唇を開く。

「それなのに、実際にその時が来ると、契状を破棄することによって兄の運気が尽きて、すぐに死んでしまうのではないかと怖かったんです。もちろん自分自身の目に関しても、視力を失う恐怖がありました。覚悟していたことだったのに、常盤さんに封隠窟の場所を教えることで、運気を失うのが怖くなって、躊躇せずにはいられなかった。常盤さんに

求められないのをいいことに、あえて黙っていたんです」

楓雅は胸を切り開いて心を晒すかのように、秘めていた罪を告白する。

しかし彼にとっては罪でも、実際には違うと薔は思った。

楓雅が自ら言いださないなら、新教祖の常盤が「情報継承者は誰なんだ?」と前教祖の身内に問うべきであり、罪を負うのは責任ある地位に就いた者だ。

無論、薔からすれば常盤は人道的であっただけで罪などないが、龍神の目から見て誰が罪を犯したのかは歴然としている。

――これでよかったなんて……思えるわけないけど、楓雅さんが封隠窟の場所を常盤に伝えていたら、常盤は迷いながらも契状を破棄していたかもしれない。龍神様は常盤の体を乗っ取ることなく天神界に帰り、教団は弱体化して常盤の目的は果たせただろうけど、そのあと榊さんが亡くなったり楓雅さんが失明したりしたら、常盤は自分のせいだと思うはずだ。きっとどんなにか、つらい思いを……。

榊に関しては元々神恩を賜っていなかったのだから、契状破棄のあと容態が悪化しても常盤のせいではないが、それはこうして龍神の言葉が聞けたからわかったことだ。

常盤が罪の意識に苛まれるのも、体を奪われてしまった現状も、どちらも苦しくて……想像でも現実でも胸が痛くなる。

「龍神様、蒲牢島には俺が行きます。伝えられている情報はとても曖昧なもので、言葉でお伝えしたところで本当に行き着けるのかわかりません。南条家の当主として、俺が常盤さんの代わりに、責任を持って契状を破棄して参ります」

気を失った榊を支えながら、楓雅は覚悟を口にする。

その声が震えることはなく、黄金色の瞳は眩い光を湛えていた。

嘘のない人間の目だと誰にでもわかるような、この人は誠実で心が美しいと信じずにはいられない瞳は、楓雅の最大の魅力であり、武器と言っても過言ではない。

この種の輝きは、さしもの常盤も持っていないものだ。

「もちろん、お前には働いてもらう。だがお前だけでは話にならない。私と薔と、あとは椿が必要だ」

「……え？」

思わず声を漏らしたのは薔で、楓雅は声も出ない様子だった。

表向きは教祖常盤である龍神と、学園から出たばかりで外の世界を知らない薔が、島と呼ばれる場所に行くことも驚くべき話だが、薔としては行けるものなら行きたいと思っていた。理解できないのは唐突に出された椿の名で、脊髄反射の勢いで拒否感を覚える。

「ちょっと待ってください！　どうして椿さんまで行く必要があるんですか？」

「そうですよ、椿さんには兄さんのそばにいてもらって、延命を祈ってほし……っ、あ、いえそれは……兄に関しては、神子の祈りは関係なかったんでしたね」

「その通り、無関係だ。椿が榊のそばで延命を祈ることで、榊は神恩を賜っていると思い込み、結果的にそれが生命力に繋がっていた可能性はあるが、真実を知った今となっては椿の祈りに意味はない」

「だからって、なんで椿さんが一緒なんですか？」

感情的になるなと自分に言い聞かせた薔は、しかしどうにも我慢ならなかった。

嫌で嫌で仕方ない気持ちは瞬く間に膨れ上がり、こめかみや首のリンパ腺が引き攣る。

龍神は椿のことを竜生名の椿という名で呼んでいるが、薔にしてみればそれも酷く気に食わない。常盤の声で「椿」と呼ばれるべきは自分であって、あの黒髪長髪の椿のことを常盤は「姫」と呼んでいた。その呼び方もどうかと思うが、椿の渾名は椿姫なので、まだ許せる。少なくとも「椿」と呼ばれるよりはましだった。

龍神が「椿」と呼ぶたびにチリッと苛立ちが走るのは、最早抑えようのない本能だ。ましてや島と呼ばれる場所に同行させるなど、耐えられない。

剣蘭の口車に乗せられて今は恋愛を愉しむだのなんだのと言っているが、いざ椿を前にしたら色香にやられてしまうかもしれない。龍神が椿と肉体関係を持ったり、恋愛対象を替えて「私は今日から椿と恋をする」などと言いだしたりしたら最悪だ。

「薔、そんなに目くじらを立てなくとも私は浮気などしないぞ。するなら疾うに、桃瀬や杏樹に手を出している」

「椿さんは、あの二人とはタイプが全然違います」

「まあ色香はあるが、今はそういう話をしているわけではない。あれは、竜花と係わりのある人間なのだ」

「──っ、え？　今、なんて……」

なんと言ったのか、聞き取れているのに訊かずにはいられなかった。

またしても度肝を抜くようなことをさらりと言った龍神は、先程まで薔が座っていた座布団を指差す。いい加減ここに戻ってこいと、そう命じられているのがわかった。

薔は楓雅と榊を気にしつつも長衣の裾をたくし上げ、ずんずんと大股で階段を上る。

御座所に戻って龍神の隣に座ると、楓雅が凍りついたような顔をしていた。

「薔、お前が毛嫌いせずにいられない椿は、蒲牢島の元島民だ」

「……っ、元島民？　それってつまり……竜花様が住んでいたのも蒲牢島で……椿さんや常盤や俺が前世で暮らしていたのも、蒲牢島ってことですか？」

まるで憶えがないのに突きつけられる過去は、薔には甚だ縁遠く、断片すら見つけられないものだった。今生での記憶すら改竄されて曖昧だというのに、前世のことなど憶えているはずがない。今生で記憶を弄られずに育った常盤ですら、前世の記憶はないのだ。

そんなものを持っている椿が特殊であって、これぱかりは薔にも常盤にもどうにもならない話だった。

——楓雅さんは何か知ってるのか？　椿さんから、相談を受けたとか？

フロアに残っている楓雅は、相変わらず榊の体を支えながら床に膝をついていて、島に行く覚悟を見せた時よりも表情が冴えない。一方で蕾ほど驚いているわけではなく、椿が前世の記憶を持っていることを知っている様子だった。

「常盤とお前は、都から移り住んだ人間だ。常盤は手を出しては不味い女と火遊びをして都を追われ、体が弱かったお前のために龍神伝説のある蒲牢島を選んだ。椿は、代々島に住んでいた人間だ」

椿が以前語っていた、椿と常盤と蕾に関する前世の因縁。それが椿の作り話ではなく、本当に前世で起きた話であることを、蕾は疑ってはいなかった。

それでも神の口から語られると、薄墨で朧げに描かれた絵がモノクロ写真に変わるほど輪郭が明瞭になる。何を言われたところで少しも思いだせないのに、想像力がめきめきと働いて止まらなかった。

これで本当にその場所に行ったら……蒲牢島の土を踏み、海から吹いてくる潮風を感じたら、モノクロ写真に色がつくのだろうか。何か思いだしても、思いだせなくても、フルカラーの鮮やかな光景が目に浮かぶかもしれない。

「楓雅、お前は榊から教えられた封隠窟の情報を持っているそうだが、所詮は学園育ちの世間知らずだ。外の世界に出てから日が浅いうえに、限られた場所で行動していたに過ぎない。対して私は、蒲牢島に七回も探索に行った常盤の経験と知識を得ている。椿は蒲牢島の元島民としての記憶を持ち、封隠窟の発見に手間取った際に役に立つ可能性がある。私が行く所には、薔も当然同行する。あとは船員とシェフと給仕係と、島内での作業要員として業平と橘嵩と笹帆も連れていこう。とりあえずはそんなところだな。現在は無人島故、それなりの装備が必要になる。明日を準備日として、明後日の夕刻に常盤が所有する船で出発するとしよう。さすれば到着は早朝になり、明るいうちから探索できる。榊が目覚めたらそのように説明しろ」

龍神は常盤さながらに着々と計画を立て、楓雅にも薔にも有無を言わせなかった。

やはりそれほど驚いてはいない楓雅は、神妙な顔をしてしばらく考え込み、ゆっくりと頷く。まるで項垂れるような仕草だったが、「承知しました」と短く答えた。

楓雅と榊が帰ったあと、薔は龍神と夕食を摂り、自室に戻ってジャージに着替えた。

なんとなくではなく確固たる意志の下に、大きな窓の近くに立つ。

教祖の私室の一角である薔の部屋からは、街を一望できた。それは昨日も今日も変わらないが、薔が窓の外の景色とまともに向き合うのは今が初めてだ。

——海を見る時は、常盤と一緒にって決めてたのに。

選りに選って四十階の窓からは海が見え、それに気づいた時から薔は窓の外を見るのを故意に避けていた。

近くを見れば街が、遠くを見れば海や船を捉えられるはずだが、眺めるだけで楽しいであろうそれらを、気軽に見てはならないと思っていたからだ。

自分のあらゆる初めては、常盤と一緒がいい。以前は常盤と比べて何も知らないことが悔しくて、何もかも知って馬鹿にされない自分になりたいと思っていたが、今は違う。

世間知らずであることを恥ずかしいと思う半面、色々な物を見て自然と感動する未熟な自分を……どうしたって喜んでしまう自分を、なるべくたくさん常盤に捧げたかった。

三つの時、あの学園に奪われたりしなければ、常盤は手塩にかけて育てた弟の成長を、いくらでも見ることができたはずだ。

初めて船に乗る時、初めて高層ビルから街を見下ろす時、初めてどこかの島に行く時、弟が新しい世界を知る姿を微笑ましいと思いつつ、常盤は見守ってくれていただろう。

ずっと一緒に暮らしていたら反抗的になって、わざと兄の知らない所で勝手な行動を取ったりしたかもしれないが、今はただ、常盤が得られたはずのものを一つでも多く返したかった。

何より自分が、幸せそうな常盤を見ていたかった。

――常盤、ごめんな……俺はもう、この世界から目を逸らせない。常盤が見てるか見てないかわからない状況で、船に乗って海に出て……蒲牢島に行く。そこに行って契状を破棄すれば、常盤に会えると信じてるから。

夜景を直視しながら、薔は呼吸を整える。

龍神は扉のない出入り口の向こうにいて、正侍従と話していた。

蒲牢島に行くことを反対したくてもできない正侍従に、龍神は必要な物を伝えて、若い者に用意させるようにと命じている。

アウトドアウェアやテントなどの商品名を口にしたり、愛船を任せる船員や整備士を指名したりしている声を聞くと、また錯覚しそうになった。彼は常盤の知識を持っていて、常盤がよいと判断した物を揃えさせたいだけなのに、心が勝手に期待する。

かつて陰雲を駆け巡っていた巨大な龍神の言葉とは思えず、常盤の意識が蘇ったのではないかと、夢見るのをやめられなかった。

――島に行くのが決まってから露骨にテンションが上がってる。契状を破棄しなくても常盤の体が死ねば帰れるからいいとか、破棄してもすぐ帰る気はないとか言ってたけど、やっぱり自由になれるのは嬉しいんだ。故郷に帰れる喜びが勝って本当に帰ってくれたら常盤の体が空く。その時に訪れるのは、死なんかじゃない。

本当にそうなのか……体が空けば常盤の魂が復活するというのは、盲目的に常盤の生命力を信じる自分の過信にすぎず、実際は龍神の言葉通りになるかもしれない。

これから進もうとしている道が間違っていたら、体だけは確実に生きている今よりも、悪い状況に陥ってしまう。

――常盤の心臓が止まり、体が腐敗してしまったら、打つ手はないし……一縷の希望もなくなる。けどそんな絶望が待ってると思ったら何もできないし、今のままだ。当たって砕けるわけにいかない勝負だけど、俺は、俺の直感と、常盤の力を信じるしかない。

正侍従との話が終わったのか、隣の部屋が静かになる。

龍神がこちらに来るのを覚悟しつつ、薔は改めて気持ちを整理した。

楓雅達と別れたあと、薔は自分の前世について龍神に訊いてみたが、濁されてしまい、「椿さんは竜花様の生まれ変わりですか?」と訊いても笑われただけだった。

訊くのが怖くて訊いていないが、竜花が陰間だったことを考えると、常盤の前世だとは考えにくい。

そして自分も、話を聞く限り病弱だったようなので、やはり考えにくかった。

――笑ってたけど「椿は竜花ではない」とは言わなかったし、島に行くのに欠かせない存在みたいだし……椿さんには、常盤や俺にはない前世の記憶がある。やっぱり椿さんが竜花様の生まれ変わりなのかもしれない。

そうであれば契状破棄もより上手くいくのだろうか。そもそも椿は神と縁を切ることに賛成してくれるのだろうか。楓雅にだけ抱かれればよくなった今、縁を切りたいとは特に思っていないかもしれない。反対されたらどう説得すればよいのか——そんなことを独り悶々と考えていると、かつて目にした剣蘭の姿が浮かんできた。

椿に憧れていた剣蘭の恋心が、一方通行の結果徐々に冷めてしまったことを薔は知っていたが、恋に燃えていた頃の剣蘭の姿は印象に残っている。調理実習で作った菓子を手に嬉々として竜虎隊詰所に向かう彼を、羨ましく思った気持ちも忘れていない。

——椿さんは楓雅さんに任せるとして、俺は剣蘭のことに集中しないと……いつからかわからないけど剣蘭は俺を好きになったらしくて、それは光栄だけど困る話でもあって、それでも俺はやっぱり、剣蘭の言葉を無視できない。

龍神がこちらに向かってくる足音に耳を傾けながら、薔は独り静かに策を練る。

正確にはすでに練ったものを整理し、確認しつつ、練り直しの必要性を考えていた。

『お前は南条本家出身の神子として、最高位の神子に君臨して権力を握るはずだ。そうなったら俺を学園から出してくれ。常盤様の体を取り戻すために、俺も力になりたい』

降龍殿で聞いた剣蘭の言葉を、薔は一言一句忘れていない。

状況的に考えれば、蒲牢島に七回も探索に行っている常盤の記憶を持つ龍神と、かつて島民だったうえに前世の記憶を持っている椿、封隠窟の情報継承者である楓雅がいれば、それだけで事足りる気がする。

外界を知らない自分は、足手まといにならないようにするのが精いっぱいかもしれず、剣蘭も知識と経験で言えば薔と変わらない。身体能力が優れていて、機転が利くうえに勇気と行動力があるのは確かだが、今回の旅に不可欠な人材とは思えなかった。

——剣蘭を学園から出して、蒲牢島に連れていくなんて無理かもしれないけど、まずはやれるだけやってみよう。あの夜の剣蘭を……無視することなんて俺にはできない。力になりたいって言ってくれた。あんなに一生懸命になって、危険を顧みずに命懸けで屋根を登ってきて、俺を……励ましてくれたんだ。

楓雅が同じ目的で動き、船でも島でも一緒に行動してくれるのだから心強いが、楓雅の最大の目的は榊の延命だと考えていい。それぞれ自分の身内や恋人を優先するのが当たり前で、常盤奪還に関して言えば剣蘭の方が薔の想いに近いはずだ。

しかも剣蘭は榊に可愛がられて育ったため、榊が不治の病だと知れば榊のためにも動くだろう。これまでは神恩を受けずに生きてきた榊が、契状破棄後は龍神の力で可能な限り病を治してもらえるなら、剣蘭にとってはよいことばかりだ。

何より、頼れる味方は一人でも多い方がいい。

「薔、ようやく装備品の指示が終わったぞ」

「お疲れ様でした。あの、それに関して御相談があるんですけど……同行者を、もう一人増やせませんか？」

「もう一人？　まさか榊を連れていく気か？」

「そんな無茶なことは言いません。榊さんは大事を取って入院中だし、俺が一緒に行きたいのは剣蘭です」

黒い和服姿の龍神は、その名を聞くなり目を見開く。

紫の虹彩（こうさい）が白眼の中心で丸くなるくらい、本気で驚いていた。

「今、剣蘭、と言ったのか？　贔屓生一組で、常盤の異母弟の剣蘭に間違いないか？」

「はい、その剣蘭に間違いないです。出発当日に、剣蘭を学園から出してください。順応教育を受けてないので、あちこち見ないようにして車と船にだけ乗せるんです。行き先は無人島だし、接触する人は全員教団信者です。実質的には外に出たことになりません」

「いや、待て……お前が言っていることは、榊を連れていくこと以上に無理がある。わざわざ無理を通して学園から出したところで、あれはなんの役にも立たない世間知らずで無知な小僧だ」

「それを言うなら俺も同じです」

「お前は私の寵愛（ちょうあい）を受ける神子だ。剣蘭とは価値が違う」

龍神は明らかに機嫌を悪くしていたが、そうなるのは薔の読み通りだった。時々意地の悪いことも言うが概（おおむ）ね素直だとわかっているので、悪言に眉（まゆ）を顰（ひそ）めつつも突き進む。

「剣蘭は運動神経がよくて体力もあるし、それに……島って海に囲まれてるんですよね？　もし泳がなきゃいけない状況になったら、剣蘭ほど役に立つ人間はいないと思います」

「島の地形からして、泳ぐ必要性が生じるとは考えにくい。先日話した通り、奴はお前に懸想している。お前と一緒にいる姿を見ているだけでも気分が悪い」

「その気持ち、俺も凄くわかります。でも、だからこそ剣蘭が必要なんです。剣蘭がいてこそ、龍神様の人間生活は充実するんです！」

意気込むあまり思わず窓に拳を当てた薔は、剣蘭から言われた、「頭と色気を全部使って言葉を駆使して」というアドバイスを思い返しながら、夜景に重なるように映った自分と龍神の姿を見据えた。

硝子の上で視線が合ったので、直接見ずにそのまま話を続ける。

「恋愛に限らず、人間にはライバルが必要です。時には苦しくて、憎たらしくなったりもするけど、それを乗り越えて人は成長するし、人生が豊かになるんです。剣蘭が俺に恋愛感情を抱いているのが事実なら、まさに恰好のライバルじゃないですか」

「ライバル？　あの小僧が、この私のライバルだと言うのか？」

鼻で笑う龍神に、薔は「そうです」と断言する。

硝子越しでは済まなくなり、龍神の目を直接しっかりと見て胸を張った。

「常盤がいない今、俺が龍神様の次に魅力があると思うのは剣蘭なんです。もちろん楓雅さんもカッコイイけど兄弟だから除外するとして、最近の剣蘭は本当に……眩しいくらいカッコイイし、同じ男として嫉妬するほど魅力的だと思います」

「単に顔が好みなだけだろう」

「それは否定しませんが、中身にも魅力を感じています。凄く男らしいというか、大胆で行動力があって頭も切れて、同学年なのに頼り甲斐があるんです」

「褒め過ぎだろう、買い被りというものだ」

「これでも褒め足りないくらいです。剣蘭の話はさておき、龍神様が本気で恋愛を愉しみたいなら、恋のライバルがいた方が絶対に盛り上がります。俺も、椿さんがいなかったら常盤への気持ちに気づくのが遅れたと思うし……これは俺の経験による実感ってだけじゃなく、これまで読んできた本や、観た映画の中でもそうでした。常盤の記憶を持ってるなら龍神様もご存じですよね？　恋にはライバルが付きものなんです。ライバルというか、恋敵です。そういう相手がいないと面白くならないんです」

　恋愛について語れるほどの経験がないのは重々承知していて、さらに言えば「恋愛」や「恋」という単語を口にするのさえ恥ずかしくて仕方がなかったが、薔は我を捨てて強く言いきる。

　ここで少しでも躊躇えば、説得力がなくなってしまうと思った。

　相手は人間ではないのだから、はったりでもなんでも堂々と噛ますべきだ。

「龍神様が俺と一緒にいる剣蘭を見てイライラするなら、剣蘭には、龍神様の恋敵になる資格があるってことです。その不快感も全部含めて『恋愛』なんです」

本来なら言葉にしたくない単語を連発しながら、薔は頭の中で「恥ずかしくない、恥ずかしくない」と呪文のように唱える。

あとはもう、龍神の答えを待つだけだった。

表情の変化を注意深く見ていても、どのような結論に行き着くのかはわからない。

しかし確かに変化はあり、不機嫌な様子ではなくなっていた。

興味を持ち、なるほどと思っている顔に見えなくもない。

「お前の言うこと、一理あるな」

期待通りの言葉が耳に届いた瞬間、薔は喜びのあまり弾けるように笑う。

常盤の魂が消息不明の今、思いきり笑うことに罪の意識もあったけれど、二重の意味で嬉しかった。

降龍殿で懸命に動いてくれた剣蘭の希望を叶えられること。計算通りに龍神の気持ちを誘導できたこと。どちらも常盤奪還に繋がる気がして、笑顔にならずにはいられない。

「そのように可愛い顔をして、早速じりじりと胸が妬ける」

「龍神様……」

上がり過ぎた頰に手を添えられると、くすぐったい心地になった。

温かく優しい大きな手は、残念ながら今は龍神の物だが、蒲牢島に行って封隠窟に辿り着き、契状を破棄すれば状況は変わる。

少なくとも、龍神はいつでも天に帰れる身になるのだ。

薔の期待通り里心がついて、早々に帰ってくれるかもしれない。

──常盤、戻ってきてくれ。その体の中で眠ってるなら、目覚めてくれ。俺も剣蘭も、楓雅さんも榊さんも、常盤を待ってる。

和服の袖越しに龍神の腕に触れ、薔は常盤への想いを彼に向けた。

無理に演じなくても、溢れる感情を伝えることはできる。ただしそれなりの工夫をしなければ、自身に向けられていないことを龍神に悟られてしまうだろう。

「俺は、龍神様の御心の深さに……とても感謝しています」

そう呟きながら、龍神の胸に身を寄せた。

目を見られて悟られないよう、肩に顔を埋めて隠す。

ジャージの背中を引き寄せられて、背骨を伝って腰の辺りを撫でられた。

常盤なら、乳児の薔を思いだしつつ尻と頭を支えるように撫でそうなものだが、龍神の手は尾骶骨まで来ると上がり、ジャージの上着の中に滑り込んでくる。

──機嫌もよさそうだし、これでいい。神憑き状態の教祖なら、更迭を恐れることなくなんだってできる。剣蘭を学園から出すことだって、難しくないはずだ。

硝子の向こうの夜景を眺めながら、薔は剣蘭との再会を想像する。

船着き場のイメージは漠然としていたが、港のような場所で会えると思った。

常盤が好んで利用していたアウトドアウェアを着て、船に乗り込むのだろう。

龍神と自分と剣蘭と、楓雅と椿と、業平、橘嵩、笹帆の八人で蒲牢島に行く。

「薔、剣蘭を学園から出すに当たって一つ問題がある」

「――っ、問題？」

「あれは神子ではなく、順応教育中の大学生でもない。当然まだ学園にいるべき童子だ。それを無理やり外に出したところで、神と一体化したと主張する教祖に面と向かって逆らえる者はいないが……北蔵一族にとって今の状況は面白くないようだ。格下の家の出身である常盤に教祖の座を奪われた挙げ句に、『神と一体化した』などと宣言され、さらには南条本家から神子が出たのだからな」

「それは、確かに面白くないでしょうけど」

「常盤の魂は消滅し、この体は完全に神の支配下にある……と私が主張すれば話は違ってくるのだろうが、北蔵一族の認識では、常盤の目の色が紫に変わったというだけなのだ。常盤が自分の主張を押し通すために『神と一体化した』と嘯いていると疑う思いもあるのだろう。今ここで常盤の弟を学園から出して島に同行させると、贔屓が過ぎると言われ、余計な軋轢を生むことになる。他の同行者も西王子一族と南条一族の人間のみで、北蔵の者は一人もいないからな」

龍神の腕に触れながらも身を離した薔は、思いがけない考えを聞いてしばし焦る。

神と一体化した教祖として無理を通すとばかり思っていたが、龍神は常盤として今後も生きていくつもりで、置かれた立場を慎重に考えているようだった。

——神力を見せつけて、常盤が嘯いてるわけじゃないことを証明する方法はあるけど、それはやりたくないんだろうし……神憑きの教祖になった常盤が、やりたい放題してると思われるのは俺も嫌だ。けど、剣蘭を特別扱いすれば確実にそういう目で見られる。

剣蘭を外に出す際の表向きの理由を、薔は事前に考えてあった。

学園改革を推し進めることを公約にして教祖になった常盤が、『贔屓生の中で最も成績がよい童子に限定的に外界を経験させ、今後の改革の参考にする』と、それらしい理由をつければいい。

成績順に選べば剣蘭になるわけだが、しかしそれでは結局、「弟を旅に連れだすための口実だ」と陰口を叩(たた)かれ、常盤の心証が悪くなる。

北蔵一族は疎(おろ)か常盤側の人間でさえ、「いくら神憑きの教祖様だからといって、さすがに勝手が過ぎる」と、内心呆れるかもしれない。

「あ……っ、ぁ……そうだ」

贔屓生の成績順や、北蔵家の人々のことを考えていた薔は、鮮やかな色の髪と好ましい笑顔に行き着く。剣蘭の希望を叶えながらも常盤の名を貶(おとし)めず、事を無難に進めるための方法が、流れ星のように降ってきた。

「薔？　何か思いついたのか？」

「はい、いい考えがあります。表向きは学園改革の一環ということにして、『贔屓生の中で成績上位二位までの者に、短期間、限定的に外の世界を経験させ、今後の参考にする』と公言するんです」

「ほう、常盤が言っても不自然ではない台詞だな」

「はい。それで肝心なのがその二名なんですが、今いる贔屓生の中だと、成績順位一位は剣蘭で、二位は茜なんです」

「……おお、なるほど。お前の考えていることがわかったぞ」

「はい。茜は北蔵一族の出身なので、神子になった俺を含めれば……島に行くのは御三家それぞれの十八歳男子ってことになります。茜が加われば北蔵一族の不満を減らせるし、順応教育を経ずに数日間外の世界を体験した俺達がレポートを提出すれば、実際に今後の参考になると思います。新教祖の横逸じゃなく意味のある特別体験学習として、きっちり筋を通せるんじゃないでしょうか」

　我ながら名案だと思うや否や、龍神の両手が脇腹に回る。

　うわっと声を出す間もなく、身の軽い子供のように抱き上げられた。

「高い高い」とあやさんばかりに持ち上げられ、きらきらとした瞳で見上げられる。

「りゅ、龍神様……あの、いきなり何を……」

「薔、なかなかよい案だ。神力に頼らず、軋轢が生じぬ方法を考えるとは、さすがは私の恋人だ」

「あ……はい」

神子でも愛妾でもなく恋人と言われた途端に、名案に沸いた心がすうっと静まり返る。

俺は常盤の恋人であって、貴方の恋人じゃない。神子ではあるけど、そして今は愛妾という立場をやむを得ず受け入れてるけど、決して恋人じゃない——そう言いたくなるのをこらえて、高く持ち上げられたまま笑う。

「茜まで巻き込んでしまうのは、どうかとも思うんですが……でも茜なら前向きに考えてくれると思うんです」

笑顔は嘘でも言葉は本音で、茜が特別体験学習という名目を信じたら、きっと好意的に捉えてくれると思った。何より自分との再会を望み、会えば必ず喜んでくれる。他人から好かれていることを確信していたり、相手の好反応を期待したりするのは自意識過剰ではないかと思う一方で、疑いなくそう思わせてくれる茜を心から好きだと思った。

「茜もお前に懸想していたな。あれは、お前が相手なら抱かれる側でも構わないと思っているうえに、そもそも剣蘭ほど性欲の強い性質ではないが、一応恋敵の一人にはなる」

龍神は恋敵がいる状況をすでに愉しみ始めているようで、薔を床に下ろすなり、ふふと笑う。

和服姿とはいえ現代的な常盤の姿をしながらも、どこか雅に見える彼の笑みに攻撃性は感じなかったが、しかし実際に紅子や蘇芳の命を奪って平然としている神でもあるため、薔は念のため釘を刺しておくことにした。

「龍神様、この先何があっても、恋敵を殺したり痛めつけたりしたら駄目ですよ」

「――む？　うむ、今のところそのつもりはないが」

「今のところじゃなく、永遠に絶対駄目です。人の道に外れることをしたら、人としての恋愛ができてないってことになりますから、その時点で龍神様の負けになります」

剣蘭と茜の身は必ず守らなければ――そう思って厳しく言うと、龍神はまたしても笑いながら窓の方を見る。

「薔、それは杞憂というものだ。常盤の姿で、あの子供らに負けるわけがなかろう」

硝子に映る常盤の顔に向かって、龍神はおもむろに手を伸ばす。

繊細な美術品でも撫でるように輪郭をなぞり、うっとりと目を細めた。

9

中一日で装備品その他の準備を済ませた一行は、十月二十五日の日没前に、教団本部に近い埠頭に向かおうとしていた。

船員はもちろん、作業要員である業平、橘嵩、笹帆も先に乗船して、手落ちがないよう船内を検めているとのことだった。

贔屓生特別体験学習の対象者として選ばれ、学園から初めて出される剣蘭と茜は、外が見えない車両で乗船ターミナルまで送り届けられる。

日没が迫る中、教団本部から出発するのは、教祖、最高位神子、南条家当主の三人と、秘書が一人――つまりは龍神、薔、楓雅、椿の四人だった。

表向きは『新教祖の聖地巡礼』として押し通したため、本来なら教団本部を挙げての華々しい見送りが行われるところだったが、龍神は常盤らしく振る舞って、無駄な経費を使わずにしめやかに行いたいからと断っていた。人目につく地上の駐車場すら使わずに、地下に停められたリムジンに向かって緋絨毯の上を歩く。

見送りは御三家それぞれの正侍従三名のみで、すでに開かれている後部ドアの前には、スポーティーな黒いジャケット姿の楓雅と椿が立っていた。

下に穿いている物は各々違うが、薔は彼らと同じジャケットを着て龍神の隣を歩く。

今回の旅路では全員同じ上着を着用することになっていて、島に上陸する際に着る予定のアウトドアウェアは視認性の高い黄色。船上で着るためのウェア——今すでに四人が着ている黒いジャケットは、防寒着でありながらも細身のデザインで、一見そうとはわからないが、ライフジャケットになっていた。

いざという時に胴体部のリングを引っ張ると、赤い膨張式浮き袋が胸や肩のスリットから飛びだして、水に浮ける機能性ウェアだ。

龍神は「私がいるのだから万が一に備える必要はないうえに、そうでなくとも沈まない最新のスーパーヨットなのだが」と言いつつも、常盤らしく振る舞うために、テントやリュックは疎か飲食物やライター一つに至るまで、常盤が好んでいた物を用意させた。

——椿さん、承諾してくれたんだな。

龍神と共に、薔は楓雅と椿の前に立つ。

二人は恭しく跪き、「教祖様には御機嫌麗しく」と声を揃えた。

蜂蜜色のブロンドと黄金の瞳の楓雅とは対照的に、椿は長い黒髪と黒瞳の持ち主だが、今は髪を纏めていた。

低い位置で結んでいるのでポニーテールとは呼ばないのだろうが、膝をついて低頭することで肩から滑り落ちて揺れる束は、黒馬の尾のように見える。

「お前は昔から美しかったが、さらに磨きをかけたな、夢見月」

椿の前で足を止めた龍神は、はっと顔を上げる椿を見下ろす。

繋がった二人の視線は一瞬にして張り詰め、硬化したかのように弛まなかった。

龍神は口元に笑みを湛えていたが、鮮烈な紫の双眸を目にした椿の顔は、傍で見ていてわかるほど強張り始める。

――なんだ、今の……夢見月って言ったのか？

龍神の声は常盤と同じ声なので、聞き取りやすいうえに、地下駐車場は静かで声がよく響く。

隣に立っていて聞き間違えるわけがなかったが、それでも薔は耳を疑った。

龍神に問う前に、頭の中でもう一度今の会話を再生してみる。

――夢見月で間違いない。もしかして、椿さんの本名か？

夢見月とは陰暦三月の異称で、春の季語だ。薔が知っている知識はそれだけだったが、椿という名が竜生名で、本名は別にあることは当然わかっている。

――本名が春の季語だから、春の字がつく竜生名を与えられたのか？　竹と椿は相性がいいから、竹と縁のある西王子一族出身の三歳児『夢見月』に、『椿』って名を与えるのは自然なんだろうけど……。

あり得る話に思える一方で、薔が引っかかるのは時代感だった。

竜生名に囲まれて暮らしてきたので現代人の名前に詳しいわけではないものの、やはり夢見月という名には違和感がある。

龍神と視線を合わせながら、まだ落ち着かない椿の様子も気になった。

椿は楓雅に話を聞いて、常盤の意識が龍神に乗っ取られていることを知っていると考えられる。龍神に本名を言い当てられたくらいで、こんなに驚くわけがない。仮にまだ詳しい話を聞いていないとしても、同じことだ。常盤が椿の本名を知らないはずがないため、常盤に呼ばれたくらいで過剰に驚く道理がない。

「――貴方(あなた)は、本当に？」

震える唇を開いた椿は、楓雅に支えられながら立ち上がる。

御三家の正侍従の耳目があるため、椿はそれ以上のことは訊(き)かなかった。

独りで立てないくらい動揺していて、「大丈夫ですか」と楓雅から気遣われると、少しも大丈夫に見えない顔色で「大丈夫です」と返す。

――違う……本名なんかじゃない。夢見月っていうのは、椿さんの前世の名前だ！

気づくと同時に確信すると、干上がったように喉(のど)が渇く。

椿と違って自分には前世の記憶がないが、唐突にすべて蘇(よみがえ)ったと思ったせいだ。

思いだしたからこそ、夢見月という名は椿の前世の名だと気づけたのではないか。

そう考えて一気に襲いくる記憶に身構えてみたものの、実際には何も襲ってこない。

結局のところ状況判断で前世の名前だと推測し、勝手に確信しただけの話だった。

「あの、夢見月って……椿さんのことなんですか？」

リムジンの最後部のシートに座った薔は、隣に座る龍神と、車体に沿うロングシートに座る椿に対して問いかける。

自分の問いに、二人がどんな反応をするのか見逃さないよう、慎重に顔色を窺った。

龍神が答えるべきだと思ったのか、椿は何も言わなかった。

「椿さんの今の本名じゃ、ないですよね？」

「お前は本当に、何も憶えていないのだな」

「……憶えてないって、前世の話ですか？」

龍神は苦々しく笑い、薔の質問には答えない。

車が出発しても椿は相変わらず固まっていたが、いつしか楓雅に手を握られていた。

それにより少しは落ち着いたのか、静かに呼吸を整えているのがわかる。

思えば楓雅は、最初からほとんど顔色を変えていなかった。

龍神が夢見月という名を口にした時、少しは反応していた気がしなくもないが、印象に残らない程度のものだ。

「椿さんの、前世の名前なんですね？」

地下駐車場を出て埠頭に向かう車内で、薔は声を潜めて訊いてみる。

運転席とは完全に分かれているためひそひそ話す必要はないのだが、自然と小声になるほど秘めるべき話に思えた。

「そうだ、椿の前世の名だ」

龍神の答えを得て、薔は二の句が継げなくなる。

あれこれと訊きたいことはあるのに、椿が竜花(たつはな)ではない可能性が高くなった途端、突き進むのを躊躇(ためら)った。

――前世の椿さんは竜花様じゃなく、それでいて竜花様と繋がりがあったなら、つまり常盤が……前世で椿さんと関係を持っていた常盤が、竜花様の生まれ変わりなのか？

今の常盤を知っていると、常盤の前世が陰間だったとは考えにくいが、しかし竜花は陰間のまま人生を終えたわけではない。

龍神と契約を結び、自分の血に縛りつけて天神界に帰れないようにした周到な人間だ。すべてが事実とは言いきれないが、百人の美女に子供を産ませ、八十一鱗(くくり)教団の基礎を作ったと言われている。

――時代的に貞操観念が違うだろうけど、前世の常盤が今の常盤とある程度近い感覚や能力を持った人だとして、妾(めかけ)百人とか、龍神と契約とか、その辺りは常盤の前世として考えられる気がする。でも、やっぱり辻褄(つじつま)が合わない。竜花様は元陰間で、十八の時に見初められて神子になってるはずだ。数えで十八だとしても当時の陰間としてはそれなりの年齢なわけだし、十七歳前後の常盤をイメージすると……どう考えても合致しない。そもそも常盤が男に抱かれるわけがない。たとえ前世でも、それは絶対にない。

当時の記憶が皆無でも、やたらと強い確信があった。

根拠がないわけではなく、龍神が椿の前世を肯定している以上、椿が語っていた前世の話は経典より真実味がある。

つまり前世の常盤は本当に、夜な夜な大勢の愛人を抱いて回っていた男前だったということだ。

そんな男が、十七歳前後に陰間をしていたとは考えにくい。

――今生で神子の俺が、前世でも神子だったってことは考えられなくもない話だけど、前世の常盤は俺が病弱だから手を出さなかったってところもあったんだろうし、やっぱり俺の前世が竜花様だとは思えない。

一昨日の夜と同じ結論に行き着いた薔は、寄せ過ぎて疲れた眉間(みけん)の緊張を解き、楓雅と椿の様子を見る。

椿が手を引っ込めたらしく、楓雅はもう椿の手を握ってはいなかったが、目を離せないようだった。隣に座りながら、さりげなく様子を窺っている。

薔は龍神に向かって、できることなら「椿さんの前世は夢見月という人で、その人は竜花様とは別人なんですね?」と訊きたかった。

しかし椿や楓雅の前で、前世の話を持ちだすのは残酷なのかもしれない——そう思うと今は訊けず、船で龍神と二人きりになってから訊くしかないと思った。

「夢見月という名も、本当の名ではない。前世の椿は、夢見の力を持つ一族の生まれで、蒲牢島を束ねる神子として夢見月様と呼ばれていたのだ」

薔が訊きたいことを察したかのように、龍神が語り始める。

その表情はどこか愉快げで、薔が食いつく様を愉しんでいるように見えた。

「……神子？　椿さんは前世でも神子だったんですね？　じゃあやっぱり、椿さんが竜花様なんですか？　夢見月様の本名が、竜花？」

そうだ、きっとそうに違いない——そうであってほしいという気持ちも手伝い、薔の脳裏には神子として島に君臨する椿の姿が浮かび上がる。

当時の彼の容姿がどのようなものだったのかわからないが、今の椿からそれらしき人物を想像するのは難しくなかった。

「いや、夢見月は神子とはいっても島民達が勝手に決めた神子に過ぎない。龍神の神子として崇められていたのは事実だが、それは当時の蒲牢島に龍神伝説があったから、というだけの話だ。あの島に本物の龍神がいたわけではない」

「え……っ、じゃあ、前世の椿さんは、龍神様の神子じゃなかったんですか？」

「それは嫉妬で訊いているのか？」

「……は？」

一瞬何を言われているのかわからなかった薔は、頓狂な声を漏らしてしまう。

意味を理解するなり、「そんなわけないじゃないですか！　そもそも俺は好きで貴方の神子になったわけじゃないし、椿さんが貴方の神子だろうがそうじゃなかろうが、契状破棄さえできればどうだっていい話です！」と声高に否定したくなったが、念頭に置いた自分の立場を忘れるわけにはいかなかった。

「嫉妬とかじゃ、ないけど、気になるのは事実です」と、多少の嫉妬心があるとも取れる答え方をする。

「人間は不思議なことを神の御業だと思いがちだが、榊が余命を過ぎても生きているのと同様に、夢見月の力も私とは関係がないのだ。お前や常盤に限らず、人間は誰しも前世の記憶など持ってはいない。椿は元々の能力の影響で、前世の夢を見るのだろう」

「前世の、夢を……」

「肝心の答えだが、夢見月が私の神子だったかどうかについては難しいところだ。竜花と契約を結ぶ前の私は自由だったからな。当時から気に入っていた憑坐が……つまり前世の常盤が抱く美童や美男であれば誰でもよかったのだ。あの男に抱かれた者は一人残らず、蕩けるような顔をして媚態を見せる」

常盤の話が出た途端、薔の心臓は底から打たれたように爆ぜた。

　これまでも龍神の思惑通りに食らいつき、彼の話を一言一句逃さず聞き取っていたが、まだ甘かったことを知る。聴覚に全神経が集中して、常盤に関する話を聞くためだけに、体中のありとあらゆる力を借りているかのようだった。

「あの男が都にいるうちはまだよかった。しかし蒲牢島に移り住んでからは私の目に適う者は少なかった。それはあの男にしても同じことで、大抵は夢見月の屋敷に通っていた。体の弱い弟を抱くわけにはいかず、過ちを犯さないために捌け口を求めて」

　常盤の姿で語られる常盤と椿の過去を聞いていると、こめかみや頰にぴりぴりと刺激を感じる。

「過ちを犯さないために捌け口を求めて」と、謂わばフォローを入れられたが、引き攣るものはどうにもならなかった。

　仕方がなかったのだろうと頭では理解していても、常盤が椿のところに通うのを見送る自分を想像すると、今目の前にある偉そうな顔を押し退けたくなる。

　殴りたいとも叩きたいとも思えないが、掌でぐいぐいと押し退けて、あまり伸びそうにない頰の肉を抓り、それから思いきり抱き寄せて、もう二度と放したくない。

「龍神様、前世の常盤と、俺の名前を、教えてください」

　知るのは怖い。知ったところで椿のように過去を覗き見ることができないなら、知っても意味はないと思っている。

それでも知りたくなってしまうのは、淫祀教団を生みだしたのが、自分ではないことを願っているからだ。神による否定の言葉が欲しくてたまらなかった。

――竜花様は始祖ってだけじゃなく、八十一鱗教団の初代神子でもある。今の話だと、龍神様が竜花様と契約する前の段階から、常盤は憑坐として気に入られていた。やっぱり抱く側として必要とされてたんだ。これで常盤の前世が竜花様って線は消えたけど、そうなると……体の弱かった俺が途中で元気になって、陰間になって神子になって、それから妾を百人……。

それもまた考えられず、どうか竜花は別にいると言ってほしかった。

杏樹の前世でも桃瀬の前世でも、紫苑でも銀了でも、誰でもいい。

契状が収められた封隠窟の場所は楓雅が知っていて、現在の島に詳しい龍神と、以前の島に詳しい椿がいるのだから、始祖の生まれ変わりが誰であろうと構わない話だ。

――自分が始祖だと知って喜びそうな人間だったらいいんだ。杏樹でいい、杏樹で！

祈るような気持ちで龍神の返事を待った薔は、返ってこない答えに焦らされる。

龍神は一層愉快げに、薔を夢中にさせるのを愉しんでいた。

「前世の常盤と俺の名前、勿体ぶらずに教えてください」

「さあ、なんという名だったか」

「はぐらかさないでください」

「何分、昔のことだからな」

「それならせめて……っ、竜花様の今の名前を教えてください。竜花様は生まれ変わっているんですか？　俺の知ってる人ですか？」

杏樹と言ってくれ、桃瀬さんでもいい。紫苑様は傷つきそうだからやめておこう。銀了様も、もし権力を握ったらろくなことにならないから駄目だ。あとは、西王子一族の花(はな)漆(うるし)さんか篠(しの)風(かぜ)さん――四人の誰かであってくれと、薔は眼力が鋭くなるほど念を籠(こ)める。

紫(し)眼(がん)を見据えて念じた結果、返ってきたのは実に意地悪な笑みだった。

おそらくまたはぐらかして、答える気がないのだろう。そういう目をしている。

こちらが気にすればするだけ、焦らして弄(もてあそ)びたくなるのかもしれない。

実際に答えを聞けば、まったく意外性のない相手――たとえば、目的のためならどんなことでもしそうな銀了であるとか、要領がよく頭のよい桃瀬であるとか、「なんだその人だったのか」で終わる相手ではないかと思うと、次第にどうでもよくなってくる。

「椿さん、椿さんなら常盤と俺の前世の名前、知ってますよね」

半分はどうでもよく、残りは意地と苛(いら)立(だ)ち任せに暴きたくて、薔は椿に訊いてみた。

「答えられない」と拒むか、案外あっさり答えるかのどちらかだと思ったが、目が合うと椿の選択がすぐにわかる。十中八九、前者だと思った。

「龍神様がお答えにならないことを、私が答えられる道理がありません」

　やはり答えない椿は、ふいと顔を逸らす。

　先程まで蒼褪めていたにもかかわらず、今は龍神同様にどことなく意地悪に見え、薔の苛立ちは解消されぬままかえって高まっていった。

　この車内で味方と思えるのは一人しかおらず、楓雅だけが薔を気遣って「椿さん、これから一緒に旅するんですから、あまりツンツンしちゃ駄目ですよ」と諫める。

「楓雅さんは知ってるんですか？」

「いや、まさか。俺は椿さんの前世の名前すら知らなかったし。龍神様が椿さんに『夢見月』と御声をかけられたのを聞いて、たぶんそれがそうなんだろうなって思っただけ。常盤さんや薔を含め、夢の登場人物のことは代名詞で聞いてたから」

「そうですか」としか言えず、薔は晴れない気分で唇を引き結ぶ。露骨に機嫌の悪い顔で龍神を睨むと、彼は少し目を細め、花開くように口元を綻ばせた。

「薔、お前の豊かな表情を見ていると、胸が弾んでくる。これは常盤の体に備わった条件反射なのだろうか」

「――っ、だから、そうやってはぐらかさないでください」

「昔のお前は病弱で、あまり大きな声を出すこともできなかった。長く喋るのも難しく、途切れ途切れになりがちで。表情も、微笑んでいるか苦しんでいるか、そればかりだった記憶がある」

名前は忘れたようなことを言っておいて、そういうことは憶えてるんですか——と憎まれ口を叩くには、穏やかな微笑が魅力的過ぎて無理だった。

何しろ土台が完璧(かんぺき)な顔なのだから、扱う者がその気になれば、容易に人の心を操れる。

「竜花の件はさておき、健やかなお前を見ていると、この上ない幸福感と安心感を覚える常盤の心は、前世から受け継がれたものなのかもしれないな。薔……常盤も私も、お前のすべての表情と声を、愛(いと)おしく思わずにはいられないのだ」

「龍神様……」

むしろこちらが心ときめいてしまう微笑と魅惑的な声で語りかけられても、薔は常盤の想(おも)いしか信じられなかった。

自分に向けられる龍神の愛情は、降龍の儀のたびに感じてきて、今も言動を通じてたびたび感じることがある。けれども神の愛は、自分だけのものにはならない。

常盤がくれる愛は、「最も愛している」でも「一番愛している」でもないはずだ。

比較する相手など存在しない、二番手もいない、唯一無二の愛だと信じている。

そして自分も、そういう想いを抱いていた。

10

教団本部から埠頭までは車で十分程度の距離で、四人は埠頭の駐車場から乗船ターミナルに移動する。業平、橘嵩、笹帆の他に、『指定暴力団の元若頭、西王子篁』の姿を他の客から隠すためのボディガードも十人以上待機していた。

いくら表に顔や名前を出さない教祖とはいえ、やはり教祖が極道の人間というわけにはいかず、常盤は教祖選のあとに虎咆会を抜けて極道ではなくなっている。とはいえ組長の嫡子であることに変わりはなく、一部では知られた顔だ。教祖でありながらも、表向きは教団との繋がりを徹底して隠さなければならなかった。

サングラスをかけた龍神は、靴を履くと一九〇センチに迫る長身だが、用意されたボディガードの中には二メートルを超える者もいる。人種も様々だった。

一般客が何事かと注目する中、薔は龍神と楓雅、椿と共にボディガードに守られつつ、ターミナルの二階に移動する。硝子扉から外に出て夕空を見るや否や、海も見えるかと思ったが、目の前に立ち塞がるのは白と黒の大きな船だった。

「こ、これが……常盤の船？　凄い、デカい」

「それほど大きくはないが、個人で使う物としては十分だろう。パルピットを含む全長は一三一フィート、スカイラウンジはもちろん、オフィスにマスタースイート、ゲストキャビンは五室ある。ビーチクラブやガレージも充実したトライデッキスーパーヨットだ」

「え……と、一三一フィートってことは、四十メートルくらいか。やっぱりデカい」

「こうして間近で見ると大きくとも、大海に浮かべれば小舟のような物だ。ましてや天空の彼方(かなた)から見れば芥子(けし)の実(み)にも等しい」

　そりゃそうだろうけど——と思いつつ眉(まゆ)を寄せた薔は、船の所有者でもないのに大きさを否定する龍神に少しばかり腹を立てつつ、実質五階以上もある船を見上げた。

　常盤の魂が消滅したと言われている状況でも、常盤の愛船を前にすると胸が熱くなる。

　昨年買い替えたばかりだという船は、磨き抜かれた漆黒と純白から成り、実に優雅な曲線を描いていた。夕陽(ゆうひ)に照らされたスカイラウンジが、遥(はる)か高みで光り輝いている。

　見るからに速く進みそうなシャープなシルエットのこの船を、常盤は自分で操縦することもあったと聞いている。

　そうでない時は、スカイラウンジで寛(くつろ)ぎながら水平線を眺めたりしたのだろうか。

　きっと、「この光景を薔に見せたい」と、思ってくれていたに違いない。

「目立たないよう、早く乗り込みましょう。ボーディングブリッジはあちらです」

　船の大きさと高さに圧倒されていると、椿から声をかけられた。

　薔としても早く乗りたくて、言われるまま乗降客コンコースを急いで進む。

何しろこの船には、先に到着した剣蘭（けんらん）や茜（あかね）が乗っている。

今頃は船内を自由に探索しているのだろうか。そうだとしたら自分も早く合流したい。

それとも沖に出るまでは行動を制限され、どこかに閉じ込められているのだろうか。

――剣蘭、茜！

友人二人に会いたい気持ちが膨れ上がり、薔は足早にボーディングブリッジを抜ける。

思ったよりも揺れて怖い感覚もあったが、龍神と楓雅、椿、業平、橘嵩、笹帆と共に、
連なって船に乗り込んだ。

――うわ……凄い、俺がなんとなく想像してたのと違う。いきなり部屋？

乗り込むなり目の前に開放された扉があり、寄せ木細工の床が見事なリビングが広がっていた。中央にはバーズアイメープルのテーブル、大理石の壁にはミニシアターのような巨大モニター、それらに向かって配された白いソファーには、最大二十人は座れそうだ。

「薔！」

リビングに足を踏み入れると、明るい声に耳を打たれる。

船首側にあるダイニングから、茜が両手を上げたまま駆け寄ってきた。

「茜……っ」

薔と同じ黒いスポーツジャケットに、贔屓（ひいき）生用の白いジャージのパンツとスニーカーという恰好（かっこう）で、茜は笑っていた。

「薔、薔……っ、会いたかった！」

薔が神子になろうと、教祖がいようとお構いなしに、茜は勢いよく飛びついてくる。

「う、わ……茜……」

編み込まれた派手な髪が頬や耳を掠めて、体に心地好い衝撃が走った。

ぶつかられても大して痛くはなかったのに、その存在が骨身に沁みる。

今ここに……学園の外の世界に茜がいて、それは幻でもなんでもない。

数日で懐かしさを覚える大好きな友人の髪や肌や声が、すぐそばにある。

ほんの少しの躊躇いを振りきって背中に手を伸ばすと、筋骨の感触をしっかりと味わうことができた。自分とだいたい同じくらいの体格で、いい匂いのする友人。五日前までは普通に話していた茜が、儀式を境に突然遠くなって——あれからずっと淋しい気持ちがあったのだと気づかされる。

「——俺も、会いたかった」

茜のように素直になりたかった。急に外に出て不安もあるかもしれない茜に、少しでもほっとしてほしかった。だから正直な気持ちを言葉にする。

しかしこれだけではまるで足りない。「お前に会えて凄く嬉しい」とも言いたいのに、くすぐったいような恥ずかしさが邪魔をして、全部を言わせてくれなかった。

「茜、順序を守りなさい。真っ先に教祖様に御挨拶を。指導は受けているはずです」

薔に続いて乗船した椿に叱られ、茜は「すみませんっ」と慌てて身を引く。

そうしてリビングとダイニングの間でざわついている間に、船内の螺旋階段から剣蘭が下りてきた。

「上から失礼します。初めての船に興奮して、操舵室を見にいってました」

茜と同じ恰好でフロアに現れた剣蘭は、薔と目が合うなり嬉しそうに笑い、しかし声はかけずにすぐさま膝をつく。

椿の言葉通り事前に指導を受けたらしく、茜も床に片膝をついた。

二人して呼吸を合わせ、龍神に向かって恭しく頭を下げる。

「教祖様、神子様、南条家御当主様には御機嫌麗しく。教祖様、このたびは身に余る機会をいただき、恐悦至極に存じます」

直前まで大興奮で目を潤ませていた茜も、比較的落ち着いている剣蘭と、ぴたりと声を合わせて挨拶をする。

続いて剣蘭が「贔屓生一組、剣蘭と申します」と先に名乗り、茜が「贔屓生二組、茜と申します」と名乗った。

態度から察するに、常盤が龍神に乗っ取られていることを知らないらしい茜は、「竜虎隊隊長だった常盤様が教祖様になって、栄えある神憑き状態になっただけ。立場や目の色が変わっても、常盤様は常盤様のまま」と認識しているのだろう。

常盤の中身が神だとわかっている剣蘭と比べると、表情が明るく生き生きとしていた。初めて外に出たとは思えないくらい恐れがなく、好奇心が真っ直ぐ外に向いている。

「剣蘭、茜、お前達の役目は、順応教育を受けていない者が突如外界に出た場合に、何を感じるかを詳細に書き記すことだ。ここまでの段階で、すでに何かしら思うところがあるだろう。早々に部屋に籠もって筆を執れ」

龍神は多少のミスを犯しながらも常盤の振りをしていたが、常盤とは正反対に、剣蘭や茜に対して冷淡な視線を送っていた。

元より恋敵として自ら認定した剣蘭だけではなく、目の前で薔と堂々と抱き合ったのが気に入らなかったのか、茜のことまで睨み下ろしている。

「はい、仰る通りゲストルームに籠もります」

「……右に同じく、籠もります」

はっきりとした声で答える剣蘭の隣で、茜は不請不請とばかりに呟いた。常盤の中身が龍神だと知らないとはいえ、ある意味では突き抜けた度胸の持ち主で、怖いもの知らずもいいところだった。

「メインダイニングで夕食を摂るのは私と薔だけだ。他の者は自室で摂れ。以上、解散」

龍神は礼儀に関してうるさい方ではなく、茜に対して「無礼者！」と怒るようなことはない。しかし内心では苛立っているらしく、薔の手を引くなり螺旋階段に足をかけた。

「あとでまた」と言い残すのが精々だった薔は、それでも片手をなんとか振る。

二人も小さく手を振り返してくれて、螺旋階段の途中で笑みを交わすこともできた。

「龍神様、恋敵を避けてしまったら面白い展開は望めませんよ。なんのために剣蘭や茜を同行させたんですか」

オーナー用オフィスと繋がるメインデッキマスタースイートに隔離された薔は、自分が龍神と剣蘭と茜に想(おも)いを寄せられていることを前提とした台詞(せりふ)を口にしていることに、鳥肌が立ちそうなほどの違和感を覚える。

自分で自分を竹刀(しない)で叩(たた)きのめしたくなったが、しかしこうでも言って龍神の気分を変えなければ、友人と接する時間は得られそうにない。神子になって急に学園を去ったため、何も話せず別れたままの茜と話したい。そして剣蘭には、あの夜の助言のおかげで上手(うま)くやれていることや、島に行く本当の目的について打ち明けたかった。

「面白い展開と言うが、何やらもやもやと、胸の辺りに靄(もや)がかかったような心地になる。これで本当に愉(たの)しめるのだろうか」

「もやもや、ですか」

「嫌な感じだ。命を奪おうとまでは思わないが、お前に指一本触れさせたくない」

その気持ちはよくわかる、と思うだけに、「大丈夫、きっと愉しめますよ」などと嘘(うそ)はつけなかったが、とにかく一刻も早く友人達と会いたかった。

船内を探索できなくてもいい、どこだって構わないから、彼らと話したい。

予定では船内で一泊し、明日は早朝に島に到着して封隠窟を目指し、順調であれば明日中に島から引き揚げるが、場合によっては島内でテントを張って夜を明かすことになる。

それだけ時間があれば、今焦らなくても話すチャンスは訪れる気がするものの、待っていられない気分だった。

――剣蘭や茜のことが、好きってだけじゃなく、たぶん、俺は少し……ホームシックになってるのかもしれない。教団本部は居心地が悪いし、べつに何も偉くないのに年配の人達にぺこぺこされるのもしんどいし、戻りたくて仕方ないんだ、あの学園に……何者でもない自分として。

黒いジャケットを脱ぎつつ、「嫉妬という感情を、少し実感できたのはよかったが」と呟く龍神の後ろに回り、薔は彼のジャケットを受け取る。

海に溶けだす夕陽が射し込むマスタースイートで、そのまま二人で海を眺めた。

何も知らない第三者から見れば、大パノラマの窓から仲よく海を見る二人という図なのだろうが、目が同じものを見ていても、心は別の方を向いている。

今は蒲牢島に行って契状を破棄することが最も重要で、それは龍神と自分の共通の望みだったが、薔はそのあとのことを考えずにはいられなかった。

学園に帰りたいと、そう思っている。

――憧(あこが)れてた海にいるのに、森が恋しい。

茜からは、慣れ親しんだ学園の匂いがした。その実体は緑の香りだったのだろうか。

東方エリアの木々が生みだす匂いが、茜の髪や肌に乗ってきたのかもしれない。

都会に聳(そび)える教団本部には、無論そんな香りは存在しない。この数日間、そのことに気づかず過ごしてきたけれど、嗅(か)いだ途端にノスタルジックになった。

「あ……船、動きだしましたね」

「ああ、全員乗ったらすぐに出港だからな」

「揺れとか大してないのに、あっという間に埠頭から離れていく」

振り返ると、反対側の窓から埠頭が見えた。先程までぴたりとくっついていたのが嘘のように離れて、巨大だったターミナルが小さく見える。

「もっと、出発って感じの衝撃とかあるのかと思ってました。シートベルト着用とまではいかなくても、着席してくださいとか言われるのかと」

「飛行機の離陸とは違うからな、この規模の船だと流れるように進んでいく」

「静かでいいですね、でも航跡は凄い立ってる……真っ白で、綺麗(きれい)だ」

船尾のライトは青く、マスタースイートの後方の窓からも光が見える。

赤みが失(う)せて紫色に染まっていく空と海に、鮮やかな青い光を添えていた。

東京湾がそれほど綺麗とは思えないのに、ここからだと美しい物しか目に入らない。

「剣蘭と茜も、部屋から見ていますよね」

「この部屋ほど見晴らしはよくないが、それなりの部屋を与えてある。今頃二人で眺めているることだろう。よい雰囲気になって、いっそ恋仲になってしまえばよいのに」

「え、あの二人……同室なんですか？」

「ゲストルームは二人部屋だからな。同性愛が禁忌なのは校則であって、あの二人がどうなろうと私にはなんの不都合もない。茜が剣蘭に抱かれても、神は降りないのだから」

その「神」自身である龍神は、胸元を軽く叩く。

教団上層部の人間が、この先の降龍の儀について心配していたが、龍神は今のところ「託宣は二度と得られない」とは言っていない。それを言ってしまうと常盤の立場が悪くなるため適当に濁しつつ、一方で薔に対しては明言していた。

「ここにいらっしゃるんだから、降りようがないですよね」と答えた薔は、龍神の発言によって、茜が剣蘭に抱かれるところを想像してしまう。

あり得ないと思う一方で、いつそうなるかわからないとも思った。

剣蘭は椿から自分に心を移したことがあり、恋心が冷めた理由として「一方通行じゃ盛り上がれない」と言っていた。同じ理由でまた冷めても、剣蘭の次の相手が茜であっても、何も不思議ではない。

――あれ？　なんか嫌だな、チリチリする。

降龍殿で、一夜のうちに二度も会いにきてくれた剣蘭の顔が……理性と情熱の、両方を孕んだ真剣な眼差しが、焼き鏝で刻まれたように心に残っている。

ああいう目を他の誰かに向けて、「お前が好きだ」と告げる剣蘭の姿を想像すると、胸の奥底からもう一人の自分が現れて、小声でぼそりと、「嫌だな」と呟いた。

――や、それは変だ、嫌も何もない。

カッコイイと思う人、魅力的だと思う人は何人もいて、それに順位をつけることは可能かもしれない。しかし恋や愛という意味で好きな人は一人だけ。一番も二番もなく、一人だけだと思うのに、剣蘭の気持ちが自分から離れるのは少し淋しい。かなり、悔しい。

――性格、悪いな俺。

自己嫌悪で落ち込む心のままに、太陽が姿を消した。

遠ざかる街並みが、夜を待ち侘びていたかのように輝き始める。

すぐ近くに見える橋が際立って明るく目を惹くが、蕾が追ったのは高層ビルの輪郭を縁取る光だった。

その中に、教団本部ビルを見つける。

あれがそうかと確認はしなかったが、なんとなくわかった。その場で見れば照明器具が放つ光に過ぎないのに、海から見ると一つ一つがダイヤモンドのようだ。

「常盤も、こうして教団本部を見ていた」

「……っ、あのビル、やっぱりそうなんですね」

「私の可愛い神子達が暮らす場所だ。そして、竜花の骨が祀られている場所でもある」

「竜花様の……」

教団の初代神子であり始祖である竜花の骨は、教団本部最上階の降龍殿と、王鱗学園の降龍殿の両方に分けて祀られている。それは既知の事実だったが、竜花が生きていた頃を知っている龍神の口から言われると、竜花の存在をより現実的に感じた。

「龍神様は、竜花様のことが好きだったんですか?」

竜花の生まれ変わりは誰なのかと訊くと、また面白がって焦らされると思い、薔は違う角度で攻めてみる。

返ってきたのは、不思議そうな表情だった。

「好きだの嫌いだのと言える関係ではない。ただ、とても美しかったのは間違いない」

「また濁しましたね」

「私は正直に答えているぞ」

ふふと笑った龍神は、薔の肩を抱いて引き寄せる。

海の上とは思えないほど至れり尽くせりのこの部屋は、隅から隅まで磨き抜かれていて綺麗だったが、彼の紫の瞳ほど美しい物は何もなかった。

「次にこの船に乗る時は、ドレスアップして船上パーティーをしよう。寒い日本を離れて水遊びをするのもいい。この船にはジェットスキーが積んであるからな。運動神経のよいお前なら、すぐ乗り熟して楽しめるだろう。本来は免許が要るが、私が許可する」

「……いいですね……免許が要るなら、ちゃんと取ってからにしますけど」

常盤とだったら、いいですね——そう思いながら、迫ってくる顔を前に瞼を閉じる。

一緒に海を見ること、船に乗ること、その船でキスをすること……一つ、また一つと、初めての経験を奪われていく。龍神のことが嫌いなわけではないけれど、触れれば触れるほど本物との違いを感じた。

——一緒にいるのに、全然……。

学園に帰りたくなるくらい淋しくて、海の上にいるのに心がカラカラで満たされない。常盤が帰ってくると信じているから強く生きられるけれど、常盤の不在を感じるたびに込み上げる涙を、こらえて笑うことに疲れていた。


初めての船内ディナーも船内入浴も龍神と経験しなければならなかった薔は、一日の最後にようやく自由な時間を手に入れる。

人間としての生活に慣れていないせいなのか、龍神は夜たっぷりと寝て昼寝もするのが日課で、自然に目覚めるのを好んでいた。

無理に起こされると機嫌が悪いが、寝つきはとてもよく、一度眠ってしまうとなかなか起きない。

——友達に会うだけなんだし、船の探索も兼ねてってことで、べつにいいよな？　もし見つかっても十分いいわけがつく。

龍神の腕枕からそろりと逃げた薔は、寝間着を脱いで防寒着に着替えた。

万が一の時は膨らんでライフジャケットになる、防水防風仕様の黒いウェアだ。

オーナー用オフィスに続くマスタースイートを出ると、ミニホールがあり、その先にはアンスイートが二つあった。右側が楓雅と椿の部屋、左側が業平と橘嵩と笹帆が三人で使っている部屋で、螺旋階段を下りた先に剣蘭と茜の部屋がある。

龍神から聞いたところによると、茜は北蔵家当主夫人の甥に当たり、剣蘭は西王子家当主の次男なので、二人は業平達よりも格上とのことだった。

しかし表向きはまだ、原則平等の竜生童子の中から選出された贔屓生に過ぎないため、ランクの低いゲストルームを与えられている。

螺旋階段を下りる途中も外が見えるようになっていて、何もない暗い海を眺めると妙な気分になった。

埠頭を出てしばらくの間は周囲に何隻もの船が見え、秋のクルージングを楽しむ船は煌々と光を放っていた。ところが今は周囲に海しかなく、螺旋階段からは月も見えない。

——船の中は明るいし、まだ十時だ。操舵室には常に人がいるし、もう寝てるのなんてたぶん龍神様くらいのものなのに……大海原にぽつんと、独りでいるような感じがする。

それはきっと、静か過ぎるせいだと思った。

船体の駆動音や振動は慣れてしまうと気にならず、余計な物音がしないことや、人声のなさが偽りの静寂を作りだす。部屋から話し声が漏れたりすれば人気を感じられるのに、この船は恐ろしく静かだ。

「早く二人に会おう」

なんとなく声に出してみた薔は、螺旋階段を急いで下りる。

各部屋の扉の横には電子ロックを解除するためのパネルがあり、液晶画面に剣蘭と茜の名が漢字とアルファベットで表示されていた。

画面上にある呼びだしボタンに触れると、部屋の中でブザーが鳴る。

凹凸のない平坦な画面に触れて操作するのが薔には新鮮だったが、教団本部に数日いただけで、こういう物にも少しは慣れた。

「はーい、はいはい！　あ、薔！　待ってたー」

画面の下辺りから茜の声がして、すぐにスライドドアのロックが外れる。

防犯カメラのような物が付いていて訪問者の顔がわかるんだな……と理解した途端に、飛びだしてきた茜に抱きつかれた。

「薔！　あーやっぱり剣蘭の言う通りだった！　俺達から教祖様の部屋を訪ねるわけにはいかないけど、薔ならきっとなんとかして来てくれるって言ってたんだ」

「茜……ごめんな、遅くなって。剣蘭は？」

「今日の分のレポート書き終わったから、スカイラウンジに行くって言って出ていった。俺も行きたいって言ったんだけど、『どちらか残ってないと薔が来た時に困るし、薔はそれぞれに話したいことがあるかもしれない』って言ってた。さすが剣蘭だよな」

「ああ、うん……それは、正解だな」

「とにかく入って入って！　あ、俺と二人で部屋にいるとかまずいかな」

「う……ん、そうだな……じゃあ、ドアを開けておこう」

薔の提案に「いいねっ！」と乗った茜は、液晶パネルを指で軽やかに操作してホールドボタンを表示させると、「よし！」と言いながらそれを押した。

「これで大丈夫、全開のまま固定されるはず」

「え、なんで……なんでそんな操作、できるんだ？」

「なんでも何も、外界に出たんだから新しいもの触らなきゃだろ？　俺こういうの好き」

「あ、ああ……確かに好きそうだな」

茜の好奇心が満たされているのを見ると、旅に巻き込んでしまった申し訳なさは薄れていく。ほっと胸を撫で下ろすこともできた。

室内で話すことになったので、薔はジャケットを脱いで窓辺の椅子に腰かける。

茜は正面に座り、二人で海を見ながら話した。

いきなり核心に迫ったり謝罪したりするのではなく、「ここからだと、海に映る月が見えるんだな」と言うと、「綺麗だよなぁ、日の出も楽しみで、業平さん達に日の出時刻を調べてもらったんだ。もう目覚ましかけた」と笑顔で返される。

茜が笑っているのを見ると本当に嬉しくて、薔はつい釣られていた。

一方で、茜の性格に甘えてばかりいてはいけないとも思っている。

「茜、俺……実は色々と嘘があって、秘密もあって……お前に悪いと思ってるのに、今も言えないことがある。こんなふうに巻き込んでるのに、全部は話せない」

脱いだジャケットに爪を食い込ませながら、薔は「ごめん」と謝った。

いいよと言ってくれるのがわかっている相手に謝るのは、とても簡単なことだ。

万が一にも「許さない」なんて言わない相手だと心から信じている今、いくら謝っても軽く思えて嫌になる。やっていることは罪深く、本来ならなんて狡い奴だと軽蔑されて、詰られて当然なのに――。

「本当に、ごめん」

頭を下げようと意識したわけではなく、気づいた時には深く項垂れていた。

完全に乾ききっていない洗い髪が、抱えていたジャケットに触れるくらい頭を下げて、

「許してくれ」と謝罪する。

「蕾、何やってんだよ、頭を上げてくれ。あんまり下向いてると船酔いするらしいし」

「俺は……皆や、茜がつらい時に、狡いことや卑怯なことを、たくさんしてきた」

常盤の不正を、はっきりと口にするわけにはいかない。

茜をどんなに信用していても、それは自分だけの問題ではないからだ。いまさら常盤の不正が明るみに出たところで、龍神に選ばれた特別な教祖である彼を更迭できる人間などいないだろうが、だからといって公にできる話ではない。

「茜、俺は、つらい思いを……したことがないんだ」

降龍の儀のたびに、茜は竜虎隊員に抱かれている。

神子になりたいわけではない茜にとって、それは強要される不本意な行為だ。同学年の贔屓生だけではなく上の学年の贔屓生も皆、逃れられない儀式を耐え抜いてきた。

——俺は、常盤とだけ……儀式の夜を指折り数えて待っていたことも、何度もあった。蘇芳が来たりして嫌な目に遭ったこともあるけど、結局俺は、常盤以外に抱かれてない。常盤の体が龍神様に乗っ取られた今ですら、剣蘭の機転のおかげでどうにかなってる。

それを幸いだと思うと同時に、ずくずくと胸を抉って血管を毟り取られる心地がして、息が詰まる。卑怯な手を使い、楽をしてきたことが心苦しいだなんて厚かましいにも程があるが、それでも治まらない痛みがあった。

「薔……そんなつらそうな顔して『つらい思いをしたことがない』なんて言っても説得力ゼロだけど……でも、その言葉が本当だったらいいと思ってるよ」

予定外のことは何もなく、許しの言葉が注がれる。

こんなに優しい、いい友人を持ったことも狡いと思った。

いつも嫉妬や罪悪感や自己嫌悪で泥塗れ(どろまみ)れの自分には、あまりにも過ぎた友だ。

「どんなに恵まれた特別な人だって、その人になってみなきゃわからない悩みとか事情があると思うし、俺は……俺はとにかく、薔がつらくなかったならそれでいいんだ」

「茜……」

正面から伸びてくる両手が、指先に触れる。

最初は遠慮がちに触れてきて、それからぎゅっと、甲も纏(まと)めて握られた。

「せっかく、つらくない状況を誰かが作ってくれたのに、他人への罪悪感とか、そういうもののせいで今つらくなってたら意味ないだろ？　それじゃ、その人が可哀相(かわいそう)だ」

薔に言い聞かせるように上目遣いで言った茜は、いつも通りの笑顔を見せる。

笑っていても目は潤んでいて、しかしその潤みもすぐにわからなくなった。

茜を見つめる自分の目の方が、さらに潤んでしまったせいだ。

「ごめん、ありがとう」

声が少し震えて、涙声になりかけたのが恥ずかしい。

物凄く、物凄く恥ずかしいけれど……でも、それ以上に嬉しかった。

常盤の魂の行方が知れず、必ず復活すると信じていても本当は不安で——どうしようもなく淋しい時に、茜が手を握っていてくれる。

「俺は、やっぱり全然、つらくない。物凄く、果報者だと思う」

「いい友達もいて？」

「——ぅ……うん」

茜は薔の手を離すなり涙を拭い、「だよなぁ」と声に出しつつ頷く。

腕まで組んで「うん、うん」とさらに頷いていたが、最終的には「冗談はさておき」と真顔になった。

「薔、俺の方こそ……今こうやって、はしゃいでていいのかなって思ってるよ。剣蘭が、いいって言うのを信じてきたけど」

「——剣蘭が？」

「うん、俺さ……薔が神子になってから、当たり前だけど凹みきってて、どうしていいか自分でもわからないくらいどん底で……でも剣蘭が慰めてくれたんだ。『薔には常盤様がついてるし、最高位神子だから、教団本部に行っても嫌なことなんてされてない。お前が悲しんでると薔も悲しむから、明るいお前でいろ』って、なんか凄い圧で言われて」

「そうか、剣蘭らしいな」

自分も彼に救われたが、茜も救われたことを知ると、スカイラウンジにいる剣蘭に早く会いたくなった。剣蘭は常盤の中身が龍神だと知っているが、茜にはそのことを話さず、茜が少しでも楽な気持ちでいられるように優しい嘘をついたのだろう。

剣蘭と同様に薔も、龍神が自ら話すまでは「常盤は龍神様と一体化したわけじゃなく、完全に乗っ取られてる」とは言えない。

同じ島に行くのに、今の教祖の正体や島に行く真の目的を知っている薔、剣蘭、楓雅、椿のグループと、上から命じられて同行することになった茜、業平、橘嵩、笹帆のグループでは、知っている情報に大きな差がある。

茜が後者に属していることが、茜にとってよいことなのか悪いことなのか、現段階ではわからなかった。

「剣蘭には悪いけど、それでもほんとは心配だったんだ。最高位神子なら大丈夫かなとは思いつつ、嫉妬で先輩神子から嫌がらせを受けてたらどうしようって思ったし。薔はそういうことを常盤様に告げ口できる性格じゃないから、独りで耐えてるんじゃないかとか、色々考えちゃって……いっそ俺も次の儀式で神子になって、薔と同じとこ行きたいって思ってた。今年度は杏樹が一人目だし、三人目なんて出るわけないのわかってるけど」

ハァと大きな溜め息をついた茜は、薔が何か言う間もなく「でもさ」と続ける。

やけに力強い声だった。

「贔屓生の俺と剣蘭を外に出して、限定的とはいえ外の世界を体験させるなんて……急にそんな話が来たもんだから、ああこれなら大丈夫だって思ったんだよな。薔の意見とか、提案とか？　そういうのがちゃんと通る状況にあるんだなって思って」

安心した様子の茜を見ながら、薔は「上手くやってる」と答えて笑う。

教祖の中身は龍神だが、その龍神に対して「恋敵がいた方が愉しいから、剣蘭を連れていくべきです」「茜も連れていけば北蔵一族に責められません」と、我ながら言葉巧みに誘導し、剣蘭と茜を外に出せたのは事実だ。

おかげで今、こんなに心温まる時間を得ている。

「茜、俺が……あまり器用じゃない俺がそういう提案をできたのは、剣蘭のアドバイスのおかげなんだ。御礼も言いたいし、今から上で話してくる」

「うん、剣蘭すっごーく薔に会いたそうだったし、早く行ってやって。ほんとは俺も行きたいけど、今は全力で我慢するから」

開けっ放しのドアを指差す茜に、薔は「ごめんな」ともう一度謝る。

もう、項垂れたりはしなかった。申し訳なさそうに頭を下げることもしない。

今の「ごめんな」は「ありがとう」と同じ意味で、心からの笑顔で言えた。

エピローグ

船内の螺旋階段を上がり、メインデッキマスタースイートがあるフロアに戻った薔は、スカイラウンジに出るための硝子扉を開けた。

そこから先は屋外になっていて、白いストレートの階段が上まで続いている。

頭上に見えるのはスカイラウンジの屋根の内側で、曲線を描く天井が間接照明によって仄白く光っていた。

――船内は静かなのに、外に出ると風が凄いな。

秋の夜風が階段の隙間からびゅうびゅうと吹き抜けて、足首や脛が冷やされる。

金属製の手摺を摑んだ指が、予想以上の冷たさに驚いた。防風効果のあるジャケットに覆われた上半身は嘘のように冷気を感じなかったが、顔や頭はたちまち冷える。

海の上で初めて感じる風に、薔の胸は俄に高鳴った。

常盤がこの場にいないことが残念でならないが、これは常盤の船だ。最高に見晴らしのいいスカイラウンジに立って、常盤もきっと、海風を感じていたに違いない。

常盤の船で、剣蘭と一緒に海を眺める――今はそれで十分だと思うしかなかった薔は、階段を上ってスカイラウンジに迫った。

茜には謝るばかりで詳しいことはあまり話せなかったが、剣蘭にはむしろ話さなければならないことがたくさんある。今夜ここで会おうと約束していたわけではないのに、一番いい場所で会えるのが嬉しかった。

――剣蘭……。

階段を上りきった薔は、スカイラウンジの床に立つ。

船尾の青白いライトが反射するデッキに、剣蘭が背を向けて立っていた。

その視線の先には、下弦の月が光っている。

薔と同じ黒いジャケットを着ているのに、月明かりを正面から受ける彼のシルエットは、夜闇にくっきりと浮き上がっていた。

「薔、やっと会えたな」

剣蘭はそう言って、ゆっくりと振り返る。

烏滸がましいかもしれないが、これは彼にとっての再会の儀式のようなものなのだと、そう感じた。乗船の時に顔を合わせたものの、あれは人目がある中での形式的なもので、今こそが再会の時なのだと、自分自身も特別に感じている。

「剣蘭」

完全に振り向いた剣蘭の笑顔は、とても嬉しそうで、なんだか切なくなった。

会えた喜びが伝わってくる表情から、向けられる恋情を感じてしまう。

龍神から、「あの男は、お前に懸想している」と言われたせいだろうか。「お前の絵姿を見ながら、夜な夜な自慰に耽っている」と聞いて、これまでと同じ目で見られなくなっているのだろうか。

以前にも増して大人びて、容姿だけではなく雰囲気まで常盤に似てきて、男らしいのに艶っぽい。自分と同じ日に生まれたはずなのに、彼は早くも男の色気を身につけている。

――剣蘭って、こんなにカッコよかったか？

お互いに歩み寄り、広いスカイラウンジの上で距離を縮めた。

龍神から何を吹き込まれても剣蘭は大切な友人で、少なくとも自分はこれまで通りだと思っていたのに、何かが変わってしまっている。彼から目が離せなくなっている。

ライトを受けて輝く紺碧の瞳と、純白の艶やかな白眼が印象的で、常盤と酷似した眉の形も切れ長の目も、完璧に整った鼻筋も、剣蘭のすべてを綺麗だと思った。

常盤とは違って剣蘭は額を出しているが、その実、二人は額の形まで似ていることを、薔はよく知っている。

「薔、襟足が濡れてる。湯上がりに乾かさずに出てきたのか？」

手が届く所に立つと、剣蘭の右手が襟足まで伸びてきた。

水気が少し残っていたせいで特に冷えていたそこに、触れられそうになる。でも、触れさせるわけにはいかなかった。

「ああ、雑に乾かして……そのまま少し横になってて」

先に自分で触れて、さりげなく剣蘭の手を拒む。

行き場を失った手は、少し残念そうに下ろされた。

「あ、あのさ……儀式の夜のこと、本当に感謝してる。おかげで教団本部に行ってからもなんとか躱してるし、凄い、助かった」

「よかった、本当に」

「……うん」

自分が同性から肉欲を向けられる対象であることを認めるのは、今でも抵抗がある。神子になったのは半年も前で、遂に公の立場で人前に出てしまったので、さすがに割りきってはいるものの、同い年の男に話すのは簡単ではなかった。

――随分、心配してくれたんだな。

月を背負う剣蘭は、眩しいものでも見るような目で自分を見つめてくる。

そこには様々な感情が籠められていた。

そのすべてがわかるはずはないけれど、離れた場所にいながらも心配してくれたこと、今とても安堵していること――そして、再会を喜んでくれているのは伝わってくる。

「心配、してくれたんだよな……ありがとう」

「もちろん心配はしてた。今どうしてるのかと思うと、生きた心地がしない時もあった」

「剣蘭……」

　大人っぽくなったうえに、躊躇（ちゅうちょ）なく堂々と目を見て話しかけてくる剣蘭に、薔は常盤に近い包容力のようなものまで感じる。一緒にいるだけで、なんだか安心できた。

「心配しつつも、それ以上に信じてたから待っていられたんだ」

「信じてたって、俺を？」

「ああ、幸い龍神様は真（ま）っ直（す）ぐな性格の御方のようだし、きっかけさえあれば、お前なら上手（うま）くやれると思ってた。贔屓（ひいき）生特別体験学習の話が俺と茜に来た時は、さすがだなって思って、感心した」

「俺の提案だって、すぐわかったのか？」

「わかるに決まってるだろ。それにしてもよく説得できたな」

「あ、うん……剣蘭の提案を参考にして、あれこれ適当に言ってみた」

　龍神が恋愛を愉（たの）しめるよう、お前と茜を恋敵として投入した――とは言えなくて、薔は剣蘭の視線から逃れる。

　またしてもさりげないふうを装い、顔を見合わせなくて済むよう月を見上げた。剣蘭が先程まで立っていたデッキの端まで行き、フェンスに触れて深呼吸などしてみせる。

「海風って、想像以上に気持ちいいな。もっと潮臭くてすぐシャワー浴びたくなるくらいベタベタするのかと思ってた。小説とかでそんなこと書いてあったから」

「学園を出て、ようやく海に来られたな」

剣蘭は薔の言葉に直接答えず、左隣に来るなり「一緒に見られてよかった」と、感慨に耽るように言った。

本当は常盤と来たかった、常盤と一緒に初めての海を見て、こんなふうに並んで月を見上げていたかった――そんなことは言わなくてもわかっているはずなのに、剣蘭は「俺を学園から出してくれてありがとう」と礼を口にすると、手を寄せてくる。

白いフェンスの手摺を摑む手が……小指の関節同士が、軽く触れ合った。

それ以上でも以下でもなく、尖った所が触れ合ったままになり、お互い動かなかった。

「薔、龍神様の能力のことで、訊きたいことがある。数日間一緒にいたなら、ある程度は把握してるよな？」

あくまでも友人同士なので甘くなりようがないが、海や月のせいか少しばかりおかしな空気になりかけていたのを変えたのは、当の剣蘭だった。

「ああ、たぶん少しは」と曖昧な返事をした薔は、小指の触れ合いを意識している自分を恥じる。剣蘭からあえて寄せてきたと思ったのは、勘違いだったのかもしれない。

「心の中は読み取れないってことは東方エリアの森で会った時からわかってたけど、他がわからなくて下手に動けなかった。あの御方は、俺達がこうして遠くにいても会話を聞き取れたりするのか？　天眼通の持ち主で、なんでも御見通しだって話は本当か？」

剣蘭の視線が横顔に注がれているのがわかったが、薔は左を向けない。

それでも質問の意図は理解できたので、「たぶんだけど、神力を使えばわりとなんでもできると思う」と答えた。

「神力っていうのは、左手にあった古傷を治した時とか、俺が紫の静電気みたいなやつを食らった時の力だな？　目の色が際立って明るくなって、ギラギラ光ってた」

「ああ、ああいうふうに力を使えば色々なことができるんだと思う。でもあれ以来一度も使ってないし、なるべくなら使いたくないと思ってるみたいだ。睡眠時間が長いことから考えても、慣れない人間の体で生活するのは少し疲れるのかもしれない」

「そうか……それなら、今ここで話してることを、下のマスタースイートから聞かれてる可能性は低いんだな？」

「かなり低いと思う。さっきまで爆睡してたし、神力を使わない状態では、たぶん常盤と同じ聴力しかないんだ。音だけじゃなく視力とかも人間離れした印象は受けなかったし、余程のことがない限り力は使わないんじゃないかな」

薔が答えた途端、剣蘭の肩の位置がわずかに下がる。

ほっと息をついた気がして、薔は学園で待っていた彼の気苦労を知った。

よくよく考えてみれば当然だ。

自分以外では、剣蘭だけが龍神の脅威を目にしている。常盤の体が乗っ取られたことを知る人物は他にもいるが、紅子と蘇芳を殺したのが龍神だと知っているのは、薔と剣蘭の二人だけだった。榊や楓雅や椿は察しているかもしれないが、はっきりと知っているわけではない。そして、龍神の攻撃を受けて生きているのは剣蘭だけだ。

　あの時の痛み、苦しみは他の誰も知らないもので……人ならざるものの力に直接触れた剣蘭は、龍神と離れた場所にいても慎重にならざるを得なかったのだろう。

「学園内での言動も全部筒抜けで、御機嫌を損ねたら遠隔攻撃で殺されるんじゃないかと思うと何もできなくて……情けないなと思ってた。そのわりに冷静に、腰を据えて待っていられたのは、お前を頼りにしてたからだ」

「必ず呼ばれるって……外に出られるって、信じてた？」

「ああ、信じてた」

　剣蘭は笑い、薔も少し遅れて笑う。

　海に反射する月も眩しいけれど、それらを受けて輝く剣蘭の笑顔は、もっと眩しく目に焼きついた。笑みの形のまま留められた唇は、月光が作りだす陰影により立体感が増して見える。如何にも弾力がありそうで、口づけた時の感触を想像してしまった。

「剣蘭？」

　触れていた剣蘭の小指が動きだし、左手の小指を乗り越えてくる。薬指や中指に乗ったかと思うと、そのまま左手全体を大きな手で覆われた。

「龍神様は見てないんだろ？　これくらいしてもいいよな」

「見てないとは、言いきれない」

見ている見ていないにかかわらず、左手を引かないといけないと思った。

手摺の上で友人と手を重ねているだけの話だが、いけないことをしている気がする。

龍神に対してではなく常盤に対して、弁解できないことはしたくなかった。

——学園の外と中に分けられた友人同士が、数日ぶりとはいえ再会できて……手くらい重ね合ってもおかしくはない。たぶん、これが茜だったら……俺は、常盤に悪いとか……そんなふうには思わない。

剣蘭と茜の違いを作りだしているのは、間違いなく自分自身だ。

冷えていたはずの手が、左手だけ酷く熱い。

やましい熱が自分の中にある気がして、なんだか怖かった。

——これが常盤の手だったら、掌を上向きにしてるかもしれない。指と指を交差させて組み合わせたりしてる。つまり、そうしなければいいのか？　ただ重ねてるだけなら友人同士ってことになるのか？

そんな単純なことじゃない。線引きはとても難しい。

答えは繋ぎ方でも重ね方でもなく、自分の胸の中にある。

茜と指を組み合わせても、強く抱き合っても、それは友情だ。

茜がどう思っていようと、自分にとっては友情だと言いきれる。

一方で、どこにも触れなくても血が巡り、心臓が頭の中にあるのかと思うほど鳴り響くこともある。結局、相手次第だ。何をするかが重要なわけじゃない。

——剣蘭、その手を退けてくれ。

言葉にしようとしても声にならなかった。手を退けてほしいのは、そうしてくれないと困るからで、本当に嫌なわけではないから「退けてくれ」の一言が出てこない。

——どうしよう、なんか……変だ。

繋ぎ合わせた視線を逸らせず、紺碧の瞳に吸い込まれる。

また同じことを思ってしまった。剣蘭は、こんなに恰好よかっただろうか。こんなに色っぽい目で俺を見ていただろうかと、何度も何度も考えて、何度もときめいてしまう。

剣蘭が自分を好きだという先入観のせいだ。

海の上という、神秘的な場所が仕掛けてくる幻とも考えられる。それとも、常盤不在の淋しさが……よく似ている彼を魅力的に見せているのだろうか——。

「薔、俺や茜を学園から出すために、龍神様をどう説得したんだ？　さっきは『あれこれ適当に』って言ってたけど、それじゃ自分の立ち位置がわからない」

そう問う剣蘭の微笑は、どことなく意地悪だった。すでにわかっていそうで、そのくせ答えを求めてくる辺り、常盤にそっくりで……少し憎らしいのにドキドキさせられる。

「俺に対して、それなりに……好意的な相手が他にもいた方が、なんて言うか……その、人として生きるうえで、色々と愉しめるんじゃないかとか、そういうことを言った」

なるべく遠回しに、なおかつ概ね伝わるよう言葉を選んだ薔に、剣蘭は声もなく笑う。

握った手に力を籠めつつ、「上手くやったな」と褒めてくれた。

「お前が、龍神様の扱い方の手本を、先に見せてくれたから」

今や尊敬しているところが多々あるとはいえ、同い年の男に褒められて、やけに嬉しい自分に戸惑う。いい加減手を離してほしいのに、逃げられない。言葉でも言えない。

「これでようやく自分の立ち位置がはっきりした。俺は『龍神様公認恋敵』ってことで、少しくらいお前に迫っても天罰は下らないってことだよな」

「……え？」

「キスくらい、しても許されると思うか？」

いや、それは駄目だろう――でも実際はどうなんだろう。常盤は許さなくても龍神様は許すのか、どちらも許さないのか。そもそも、自分は許せるのだろうか。

「それは……」

剣蘭の唇に、視線を留めてしまった。逸らしてもまた見てしまい、余計な想像をする。

片手を握られたまま手摺から離されて、社交ダンスでもするかのように後ろに向かって歩かされた。「許されるわけないだろ」とも、「押すなよ」とも言えない。

気づけば背中が壁につき、逃げ場がなくなる。

スカイラウンジの屋根の下で、これ以上ないくらい距離を詰められた。


「剣蘭……ちょっと、待て……」


剣蘭の左手が、顔の真横に来る。壁に手をつかれ、右側まで塞（ふさ）がれた。

逃げ場は……本当はまだあるけれど、迫る唇から逃げられない。

目を逸らして眉間（みけん）に皺（しわ）を寄せ、不本意だと言いたげな顔をすることしかできなかった。


――唇が……うわ、感触まで、常盤と……。


結局、キスをされてしまった。

やはり常盤の唇と似ていて、触れた瞬間に心が華やぐ。

罪の意識はあるのに、痺（しび）れるような速さで悦（よろこ）びが伝染した。

ただ重ねるだけのキスではなく、もっと深いキスをしたくなる。

そこまではしないけれど、したい気持ちは確かにあった。

現に脚の間まで疼（うず）きだし、自分を誤魔化すことができなくなる。「最も愛している」も「一番愛している」もなく、常盤だけが唯一だと、そう思っていたはずなのに――常盤とのキスと同じような欲望を、悦びを、剣蘭とのキスで感じている。


「――薔、俺じゃ、駄目か？」

「……っ、駄目だ、俺は……」

迸る衝動に駆られながらも、理性で剣蘭の胸を押し退けた。

「俺は、常盤を……」

たぶん今の自分は飢えている。常盤の体と一緒に行動していても、常盤ではないことが淋しくて、彼の弟の剣蘭に甘えてしまっている。

「わかってる……お前には常盤様がお似合いだ。でも、もう少しだけ、このままで」

壁から少し離れて逃げても、すぐに囚われた。

剣蘭の両腕に引き寄せられ、そっと抱き締められる。

大きな手で、後頭部を包むように押さえられ、もう片方の手は腰に当てられた。

その手は少しずつ下がっていき、薔の双丘の膨らみを纏めて撫でる。

「──ッ」

よく、知っている感触だった。

か弱い乳児を抱くように、頭と尻を支えて──手塩にかけて育てた赤ん坊が、どんなに大きくなったかを確かめるための触り方。元々は性的な意味などなく、兄として、育ての親としての、純然たる愛情から来ていた抱き方だ。

「薔、わからないか？」

剣蘭の唇が、耳朶に触れる。

剣蘭の声なのに、ぞくりとするほど艶めく声だ。

「あ……っ」

「――俺だ」と、彼は言う。

目を見開いて見てみれば、唯一無二の彼がそこにいた。

どうして今まで気づかなかったのか、不思議なくらいだ。

彼以外の何者でもないことを、心臓が、懸命に音を立てて教えてくれていたのに――。

「借り物だが、許してくれ」

彼は笑い、薔は泣く。

もう一度キスをしたいのに……今度こそ熱烈なキスをしたいのに、それができないほど泣けて――赤ん坊のように泣きじゃくりながら、しがみつくことしかできなかった。

あとがき

こんにちは、犬飼ののです。

『ブライト・プリズン』が十巻を迎え、自身初の二桁到達に喜んでおります。

いつもそうですが、本書は特に「ネタバレなしで」とお願いしたい巻になりました。

びっくりなことに、常盤や薔達に素晴らしい御声をつけていただけることになり、夢のようで今はまだ現実感がないのですが、実現した暁には是非お付き合いください。

シリーズを応援してくださる読者様と、今回も素晴らしいイラストを描いてくださった彩先生、すべての関係者の皆様に心より御礼申し上げます。

『ブライト・プリズン　学園の薔薇は天下に咲く』、いかがでしたか？
犬飼のの先生、イラストの彩先生への、みなさまのお便りをお待ちしております。
犬飼のの先生のファンレターのあて先
〒112-8001　東京都文京区音羽2-12-21　講談社　文芸第三出版部「犬飼のの先生」係
彩先生のファンレターのあて先
〒112-8001　東京都文京区音羽2-12-21　講談社　文芸第三出版部「彩先生」係

N.D.C.913　271p　15cm

犬飼のの（いぬかい・のの）

4月6日生まれ。

東京都出身、神奈川県在住。

『ブライト・プリズン』『愛煉の檻』『暴君竜を飼いならせ』『官能童話』『薔薇の宿命』シリーズなど。

Twitter、blog更新中。

講談社X文庫

ブライト・プリズン　学園の薔薇は天下に咲く
犬飼のの
●
2020年9月3日　第1刷発行

定価はカバーに表示してあります。
発行者――渡瀬昌彦
発行所――株式会社 講談社
東京都文京区音羽2-12-21 〒112-8001
電話 編集 03-5395-3507
販売 03-5395-5817
業務 03-5395-3615
本文印刷―豊国印刷株式会社
製本――株式会社国宝社
カバー印刷―半七写真印刷工業株式会社
本文データ制作―講談社デジタル製作
デザイン―山口　馨

ISBN978-4-06-521031-4